西南民族大学中国语言文学学术文丛

Between Tradition and Modernity: Contemporary Sichuan Writers' Borderland Writing

彭超 / 著

传统与现代之间
当代四川作家的边地书写

社会科学文献出版社
SOCIAL SCIENCES ACADEMIC PRESS (CHINA)

目　录

引言　传统与现代之间的彷徨　001

第一章　社会学视域下的边地
　　——沙汀小说　005
　　第一节　文学与历史的整体性　005
　　第二节　沙汀的双重传承　011
　　第三节　身份意识：革命作家　018
　　余　论　021

第二章　流浪与边地图景
　　——艾芜小说　023
　　引　语　023
　　第一节　理想与现实撞击下的"出走"　024
　　第二节　从流浪到流亡　027
　　第三节　左翼视野下的地理"共相"　032
　　第四节　现实性·政治性·历史性　037

结　语　043

第三章　反现代的"现代性"
——阿库乌雾诗歌　045
第一节　坚守的悲壮　046

第二节　对"现代"的拒绝　052

第三节　彷徨于无地　055

第四章　照亮历史深处的瑰丽之光
——《布隆德誓言》的女性叙事　058
第一节　别样的地理空间　058

第二节　熠熠生辉的女性群体像　061

第三节　女性主体性　066

第五章　穿透岁月的眼睛
——康若文琴诗歌研究　070
第一节　康巴情歌　070

第二节　踏时光而来的歌吟　074

第三节　形而上的禅思哲理　080

第六章　归去来兮之间的"故乡"
——凌仕江散文　087
引　言　087

第一节　成长的寂寞　088

第二节　现代性视野下"物性"与"神性"的转换　092

第三节　归去来兮之间的"故乡"　095

结　语　101

第七章　从"梁生宝"到"康巴汉子"
——当代藏民形象书写　103

第一节　"梁生宝"似的当代藏民　104

第二节　康巴汉子的英雄传奇　108

第三节　"真诚"与"真实"的差异性书写　115

小　结　121

第八章　社会变革中的故乡
——阿来小说研究一　123

第一节　反媚俗写作与民族文化的表达　123

第二节　现代化中的人与地理　129

第九章　时光中的地方图景
——阿来小说研究二　135

第一节　对历史走向的剖析　136

第二节　文化视域下的自我审视　144

附录一　文化地理视野下的历史忧伤
——央珍小说《无性别的神》　150

第一节　人与地理的认同　153

第二节　人与地理的关系构成　157
第三节　穿梭在时光隧道的地理景观　161
第四节　荒芜的女性花园　166

附录二　原乡依恋与现代性认同
——当代藏族女性散文的"故乡"书写　175

第一节　诗意栖居　178
第二节　自我身份建构　184
第三节　现代性认同　190
结　语　195

后　记　197

引言

传统与现代之间的彷徨

本书主要以四川作家的边地书写为考察对象，分析传统与现代认知观念在现代化中的嬗变，以及这种嬗变又是如何影响了文学的书写。四川作家的边地书写，表现出对现代文明的向往与反思的同时性在场，对传统的质疑与缅怀也同时展开，这是当下中国在传统与现代之间彷徨的一个缩影。

本书前两章所描绘的是1949年之前的边地图景，主要以四川绵阳北川和云南滇缅边境为描写对象。第一章聚焦政治学意义上的批判，解构性地书写地方各阶层的精神和生活状态，描绘全面抗战时期四川政权的衰腐，表达对新生活的向往。第二章集中描绘边地底层民众的血泪人生，在肯定底层民众蛮性的生存方式的同时，也揭示其精神被碾压被驯化的过程，描绘出惊心动魄的底层生活景观图。这两章的边地书写表现近代以来一直存在的国人对现代文明的呼唤。如果说前两章是基于现代性呼唤的边地书写，第三章与第四章则是反现代的"现代性"书写。阿库乌雾的诗歌与亮炯·朗萨的小说的共性在于，两者的历史书写都是一种观念性历史。这种观念性历史，是后现代文明对前现代文明的美好想象。阿库乌雾追忆远古文明的美好,也表达对传统文明式微的文化焦灼。亮炯·朗萨则以塑造一批具有主体性的女性形象以及表现人与人、人与自然之间的和谐关系来建构后现代文明视域中的观念历史。

第五章和第六章集中以成长主题表现边地故乡。康若文琴的诗歌创作以女孩生命成长轨迹为线索,既是对生命本身的哲思,也是在社会学的观察视角下写出具有创伤性记忆的现代性地方性景观。凌仕江散文则是以男孩生命成长为线索,在多文化视角下考察边地在现代化进程中的嬗变,表现无所归依的故乡情。

第七章通过分析四川作家阿来、亮炯·朗萨和达真笔下不同时期的人与故乡,可以看出他们对于现代化进程与边地乡村的关切,反映历史前进的曲折性;当笔触转向已逝时空时,则倾向于以浪漫主义的审美性创作笔法建构历史。

第八章和第九章聚焦阿来的创作。可以看出,阿来的创作表现出对传统与现代的双重质疑,他有意识地回避当代边地文学普遍存在的审美性地方历史文化建构,试图客观真实还原地方风貌。阿来的创作重心在于展现现代化进程中的人性善恶,意在对传统与现代做出一个较为真实的评判。阿来的创作主要遵循现实主义创作原则,为当代文坛充满赋魅性的边地写作正本清源。

当代四川作家中有较多的藏族作家,因而涉藏地区是一个被书写较多的地方。为比较涉藏地区书写在四川籍与非四川籍作家笔下的异同,本书特意增加两篇附录作为参照对象。附录一是以西藏作家央珍的小说《无性别的神》为考察对象,央珍以现代性视野审视西藏庄园时代的贵族之家，揭示西藏庄园时代历史溃败的内在根源。附录二则是以当代女性藏族作家的散文为考察对象，从散文中的故乡书写可以发现后现代文化视野下审美性历史书写是主调，现代性视野下的文化审视则较为薄弱。女性作家的浪漫特质与后现代文化思潮中的审美性边地观念具有高度契合性，其历史书写与央珍现实主义创作笔下的西藏历史大相径庭。通过比较同一空间的不同文学景观，显示出当代文化的多元性，也由此可以看出当代边地文化与内地文化的接轨。

当代四川作家的边地书写，所显示出的问题意识是非常鲜明的，即人们在现代化进程中的精神家园缺失感。老一代四川作家沙汀和艾芜通过或"异党"或"流民"的身份意识阐明对当时国民政府政治格局的不满，表达对未来国家的期待。但我们在当代四川作家的边地书写中看到，传统在新历史视野下不再是"暗沉"，现代文明也不再具有召唤人心的力量。也就是说，当我们置身于传统社会形态之际，"现代化"是我们前进的历史驱动力，而在我们步入现代化的文明空间时，又多了一种新的期待。这并不是说我们对现代化不再期待，而是在不同作家的不同视野里出现或拒斥或审视的不同态度，他们对传统的态度也同样如此。当代四川作家如亮炯·朗萨和凌仕江等即使对地方历史深深眷念着，他们的笔下也时常有对历史残酷的书写，说明他们对历史的批判。阿来对现代边地的审视性描写中，可见出现代文明对人与自然、人与人的关系的破坏。传统文化中人与自然在生命共同体中的和谐关系已然处于濒临消亡的状态，而人与人之间的物化关系对心灵关系的日益压制已是常态。当代四川作家的文明思考，或具象为对历史图景的美化，或表现为现代边地景观。我们时常会找寻一种可以满足我们期待的文化形态，但无论传统还是现代，我们都会如此真实地感受到其种种的不足，于是乎，"彷徨于传统与现代之间"成为当代四川作家创作的重要主题，这不仅是一种地方文学文化现象，还是我们这个时代的文化现象。其实，对现代文明的反思以及对传统的再思考，在西方早已展开。因为西方工业化和商业化起步早于中国，所以西方学者对传统与现代的讨论也早于中国。这在今天依然是一个国际性话题，在英国学术界尤为显著，例如英国学者安东尼·吉登斯的《现代性的后果》《现代性与自我认同》，齐格蒙·鲍曼的《现代性与大屠杀》，特里·伊格尔顿的《后现代主义的幻象》等，这些著作聚焦现代文明，所提出的观点对于我们思考当下中国现代化问题具有借鉴意义。

  本书中四川作家的边地书写，是对文明思考的局部反映。本书所涉及的一些作家并不是大家，但文学是文化的一部分，这些文学以贴近大地的创作方式描绘了现代边地的地理人文景观，这对于我们思考现代与传统的文化交汇具有实证的价值。笔者认为，传统与现代并不是文明的两极，而是人类文明发展过程中的阶段性表现。所谓传统，并非凝固的文化样态，而是既有已生成的共识性，也有正在发生的流变性。今天我们所说的现代文明，最终也将汇成传统的一部分。文明具有承续性，因为现代文明相较于传统，显现出较大的异质性和变动性，而常将两者进行对比，实质上两者之间本是文明发展的自然流变状态。

第一章

社会学视域下的边地

——沙汀小说

近代中国始终处于革命的历程之中,历史转折引发文学嬗变,从文学革命到革命文学,从政治文学到人学,政治性一直贯穿中国现代文学。但是政治性之于文学的价值评判却历经沉浮变迁,在被肯定、批判和消解之间交叠往复,其中,政治意味浓厚的左翼文学和"十七年文学"尤为突出。如何客观公允地评判这一文化现象,是今天"再阐释"必须面对的"历史隔膜"。沙汀及其创作,给我们提供了一个具体而精微的典型案例。

第一节 文学与历史的整体性

沙汀故乡位于中国西南部的巴蜀,其现代化进程较沿海地带要迟缓许多。沙汀所在的安县坐落在川北狭长的谷底,四面环山,民众"除却兵匪的骚扰,抢掳,生活上的闷气和艰苦,他们唯一的享乐便要算是对大自然的欣赏了。他们径望着那些粗野的峰峦呆想,叹气,并且作出种种可怕的诅咒来发泄自己所遭遇的委屈"。[①] 沙汀的"揭露"文学便是对此诅咒之源的追踪,沙汀创作具有显明的时代和地域特色,部分是整体的具现。民国时期,新旧文化阵营交锋,政治分裂,农村经济濒临破产,社会陷入极大的混乱状态。沙汀以现代性视野审视巴蜀故乡,勾勒出一幅民不聊生、官匪横行、充盈着人性恶的历史画卷。沙汀文学是地理和时代的结合、文学与现实的统一。

沙汀文学既有启蒙视野下对国民劣根性的揭露,也有革命视域下的阶级讨伐和悲悯。沙汀文学表现四川乡镇知识分子"困兽"式的生命状况,细绘他们在现实泥沼里的挣扎、妥协乃至毁灭,批判其性格的软弱性。《困兽记》与《孕》中的知识分子都曾为理想而抗争,但最后女性在针织烹饪等日常家务中消磨时光,男性则在自怨自艾中妥协绝望。田畴(《困兽记》)哀叹"我这一辈子算是完了!"[②] 宋子洁(《孕》)"觉得自己渐渐是一个被缚了手足的落水者了。'岂止是坟墓!'他感到绝望了"。[③] 沙汀以失去理想之光的知识分子群像诘问于时代。《淘金记》描绘了巴蜀大地囿于"生命挣扎"的乡绅群丑图,例如,何寡妇和白酱丹等在公债、淘金和囤积粮食等方面相互算计与倾轧。沙汀通过展示人性恶和生命悲剧,揭示乡土中国基层的溃烂衰竭。沙汀的"揭露"文学还体现出对弱小者的悲悯。《一个秋天的晚上》和《龚老

[①] 沙汀:《在其香居茶馆里》,浙江人民出版社,2003,第1页。
[②] 《沙汀选集》第二卷,四川人民出版社,1984,第625页。
[③] 《沙汀文集》第一卷,上海文艺出版社,1986,第254页。

法团》等作品呈现为"货"、为"物"的下层女性的生命状态。《兽道》和《在祠堂里》描写了被轮奸、被逼迫致疯癫、被钉死在棺材里的女性。《凶手》和《呼嚎》表现了"短腿天兵"无处可逃的绝望人生。沙汀文学从生命状态指向生存空间，进而拷问引发狭隘生存空间的社会机制。以"官员养成记""人性异化"揭示权力机制的荒诞，如《巡官》和《丁跛公》；以县长对百姓的盘剥表现官民的对抗性关系，如《代理县长》。沙汀从多个角度揭示民国政府的荒谬和腐败，否定其历史意义。沙汀笔下的"被异化者""被困兽者""被侮辱者"等人物系列显示出灰暗窒息的悲剧生命美学，具有存在主义哲学意味，预示中国即将来临的大革命。

沙汀置身国统区，其创作因颠覆的先锋特质呈现流亡文学的"反动"性。① 其"反动"的异党性写作继承了新文学

---

① "对于那些出身于'民族化空间'的作家们而言，流亡几乎是独立地位的组成部分。伟大的革命者，诸如金斯、米修、贝克特、乔伊斯等，都在某种程度上与他们的祖国文学空间有一定程度上的裂痕，而与他们只能与其民族空间之外的文学中心里通用的文学规范有很大的亲密性。"见〔法〕卡萨诺瓦（Casanova. P）《文学世界共和国》，罗国祥、陈新丽、赵妮译，北京大学出版社，2015，第124页。法国学者卡萨诺瓦的流亡文学概念是指作者与祖国的文学空间有裂痕，本书的"流亡文学"概念与之有内涵上的不同，笔者认为流亡文学是指作家用文学抵抗腐败、黑暗的政治环境，但是与祖国文学空间紧密相连。中国知识分子的风骨主要存在于锲而不舍的家国情怀，现代知识分子继承这千古风骨，才有了中国新文学的诞生，也才有了鲁迅这样堪称"民族魂"的作家存在，才有了为民族国家而存在的左翼文学。沙汀的流亡文学便是因为对国民党政权的"反动"，对家国的"爱恋"而存在。

的反权威传统,成为中国左翼文学的一部分。[①] 中国左翼文学是世界马克思主义文学的组成部分,以文学为武器批判、消解资产阶级政权的统治。沙汀文学亦如此,其文学"理想性"突显为政治性。

1949年,"共和国理想"从文学场域变为现实场域,沙汀的文学身份意识发生了转变。革命既是暴力和政权更替,又包含意识形态的确定和文化建设。新中国成立后,文化建设面对更大的挑战,而文学是主要的建构形式。沙汀文学的建构主要有两种。一是情感的共鸣,他在《归来》《母亲》、《在牛棚里》、《煎饼》和《你追我赶》等作品中书写人民建设新中国的热情,表现出与时代主题的情感共鸣。沙汀这种"同一性"创作是他个体生命自觉的体现,是人民渴望和平的夙愿表达,是历史进程的必然结果。二是问题意识,沙汀在《过渡》《开会》《摸鱼》等作品中,对历史转折时期的社会描写,是他"主人翁"意识的具体体现。

沙汀1949年之前与之后的小说创作具有历史意义的"互文性"。其一为个体生命归属感对比。不同历史时期士兵"归家"的差异性感受:《还乡记》(1946)中被抓的壮丁回到家乡,面对的是家庭破碎却反抗无路;在"十七年"短篇小说《归来》(1950)中,志愿军战士回到家乡时,看到的是家有良田且家庭幸福。其二是从日常生活角度展开历史与现实的比较。如《煎饼》(1964)充盈着快乐和食物香味;《土饼》

[①] 〔美〕托尼·朱特:《重估价值——反思被遗忘的20世纪》,林骧华译,商务印书馆,2013,第14页。

(1933)满盈贫困和死亡气息。其三是历史氛围对比。《你追我赶》(1960)中人们共建家园的激昂热情与《土饼》中离散的历史氛围形成反差。《控诉》(1951)以"国强民尊"主题对比于《航线》(1932)的"国弱民卑"。相较于《在其香居茶馆里》(1940)的抓壮丁闹剧,《母亲》(1951)写出了百姓对参军入伍的渴望。沙汀的历史互文性写作,体现他文艺观与社会史观的统一。

沙汀以"提出问题、解决问题"的写作模式反映新中国成立初期的社会主义建设。《过渡》表现农民建设社会主义热情被压抑,《开会》提出新中国成立初期农村出现的流氓社员、账目混乱、干部素质差等问题,《摸鱼》以农民对去留于乡村的犹疑,预示性提出工业文明对农业文明造成的挤压问题等。沙汀以表现历史倾向的方式在文中"解决"问题,彰显了一名老党员对社会主义中国未来的乐观精神。

20世纪80年代,中国文坛开放包容的文化环境让文学呈现多维度叙述。在这样的语境下,沙汀继续坚持社会主义现实主义创作原则。沙汀在"文革"结束后,创作了长篇小说《青杠坡》和《木鱼山》,表现农民与基层干部为发展而进行的艰苦探索。《红石滩》从个体到机制多层面表现现代中国革命史,小说以妻女被逼迫致死的菜农在新中国成立之前与之后的不同境遇,阐释农民、共产党、中国的命运共同体。小说延续左翼文学革命叙事,表现作家努力跟随时代步伐的文学实践。《红石滩》是沙汀文学生涯的一次大总结,显现他的历史认同与文艺观。沙汀在新中国成立之前与之后的文学创作，在"解构"与"建构"之间显示出一种整体性文学史观。

  沙汀创作具有非虚构文学特点。沙汀《淘金记》源于1937年回到故乡的所见所闻，意在"揭发"国民党政府在战乱饥荒时期，以赈济灾民、抗战建国为掩饰的淘金发财行为。《困兽记》则是对现实中一桩知识分子恋爱悲剧的文学再现。还有基于反映农民革命激情而作的《还乡记》，其现实基础是沙汀在安县睢水关刘家沟几个月的生活经历。意在讽刺偏远市镇保守落后的《艺术干事》，批判散布恐怖怨恨情绪的《小城风波》等作品，皆是客观现实的再现。《在祠堂里》的素材是沙汀在安县听来的，《代理县长》和《为了两升口粮的缘故》是北川近于纪实的故事。[①] 沙汀创作的众多人物形象都有现实生活原型。《淘金记》中的龙哥形象与原型"几乎很少增改"[②]。《困兽记》中的牛祚以安县秀水乡的知识分子马之祥为原型，特等豪绅书记长以国民党某县党部书记长魏道三为原型。沙汀的"其香居茶馆"综合了桑枣镇和秀水镇等乡镇茶馆的情形。[③] 四川"三丁抽一""五丁抽二"的兵役政策，事实上是针对贫苦百姓的，甚至出现一人重复被抓壮丁或者将老年人充作青壮年抓壮丁的荒诞现象。综上所

[①] 中共绵阳市安州区委组织部、党史研究室和地方志办公室编《安州区第一个共产党员——沙汀》，准印号：安文广新出内（201806），第40页。

[②] 沙汀：《睢水十年——四十年代在国统区的生活》，生活·读书·新知三联书店，1987，第121页。

[③] 中共绵阳市安州区委组织部、党史研究室和地方志办公室编《安州区第一个共产党员——沙汀》，准印号：安文广新出内（201806），第48页。

述，沙汀非虚构文学中的政治性与现实性具有"等同性"，文史互证，显示出作家、作品与时代的统一。

沙汀的文学身份从民国时期的"亡命客"和"流亡人"，转换为新中国的"主人翁"，美学色彩从阴暗蜕变为明朗。身份意识与美学色彩的转变是沙汀社会观的文学反映。沙汀前后期文学的差异性表述具有内在的整体性，即贯穿始终的国家意识。从文学产生与接受角度而言，"环境只接受同它一致的品种而淘汰其余的品种；环境用重重障碍和不断的攻击，阻止别的品种发展"。[1] 可见，沙汀的创作是中国特定历史文化的产物，具有典型性。沙汀文学强烈的国家意识，除了时代的感召外，还与他个体生命体验密切相关。

第二节 沙汀的双重传承

1921年，沙汀进入四川省立第一师范学校读书，从此有了更多接触新文学的机会。他被鲁迅的《故乡》吸引，就此爱上了鲁迅文学。沙汀在创作生涯之初曾就小说题材与时代意义等问题写信请教鲁迅，鲁迅回信解答，告诉他创作"选材要严，开掘要深"。[2] 沙汀一直秉承鲁迅教诲，传承鲁迅文学精神。

首先是文学精神的继承。沙汀学习鲁迅以战士精神去揭

---

[1] 〔法〕丹纳：《艺术哲学》，傅雷译，江苏人民出版社，2016，第29页。
[2] 王瑶：《中国新文学史稿》（节录），黄曼君、马光裕编《沙汀研究资料》，知识产权出版社，2009，第418页。

露黑暗现实,以笔为刀介入历史进程。在国统区,一些人对神圣的民族解放战争无动于衷,反而从抗战中发现"发家致富的简便途径",并在"四大家族"带动下,"发国难财"。这让沙汀感慨且气愤难平,沙汀继承鲁迅"不隐讳、不伪饰"的现实主义文风,在《淘金记》、《防空》、《公道》、《模范县长》、《联保主任的消遣》和《替身》等作品中将国民党政府虚假的抗日面具撕裂。沙汀从社会政治视野出发揭露问题,引起了社会关注。沙汀曾言:"但我却没有寻觅到什么我梦想的新的东西。一切照旧。一切都暗淡无光。……既然如此,那么将一切我所看见的新的和旧的痼疾,一切阻碍抗战,阻碍改革的不良现象指明出来,以期唤醒大家的注意,来一个清洁运动,在整个抗战文艺运动中,乃是一桩必要的事了。"① 鲁迅认为,"所谓革命,那不安于现状,不满意于现状的都是"。② 鲁迅提出,真正的民主革命战争文学,不在于素材,也不需要有意在作品后加上一条民族革命战争的尾巴作为旗子,而在于文学作品中"真实的生活,生龙活虎的战斗,跳动的脉搏,思想和热情"。③ 沙汀以"揭露为目的"的客观写实以及深蕴其中的爱憎,便是对鲁迅革命文学观的继承。

与鲁迅一样,沙汀也是其所属阶级的叛逆者。沙汀学习鲁迅,以故乡为主要表现对象,批判揭示的对象皆是自己熟

---

① 沙汀:《这三年来我的创作活动》,黄曼君、马光裕编《沙汀研究资料》,知识产权出版社,2009,第108页。
② 鲁迅:《集外集》,人民文学出版社,1976,第99页。
③ 鲁迅:《且介亭杂文末编》,人民文学出版社,1973,第103页。

悉的人和物。沙汀遵从鲁迅"选材要严,开掘要深"的教诲从事文学创作,形成精微的写实风格。沙汀学习鲁迅的叙事艺术,突出细节,将整体寓于部分之中。他创造了与"咸亨酒店"具有相同结构功能的"其香居茶馆",以小窗口容纳大视野。其人物塑造综合"类"与"个"的普遍性与特殊性,既表现历史发展的共性,又具有鲜明的人物性格。知识分子的形象从鲁迅笔下的"历史中间物"到沙汀笔下的"生活在空隙中间的人"①,展现了这一阶层在历史转折时期的"悬置"。沙汀笔下的幺跨子嫂嫂(《联保主任的消遣》)与鲁迅笔下的爱姑(《离婚》)在人物形象的塑造上显示出高度的承续性,两者都始于敢向权威者讨要说法的泼辣,终于对权威者的妥协。从鲁迅到沙汀,他们笔下无论"旧式"或"新式"女性都避免不了被文化旧习"扼杀"的悲剧命运。甚至沙汀塑造的人物形象都与鲁迅笔下的人物形象有对应性:劣根性者,如林幺长子对应阿Q;虚伪残忍的权威者,如代理县长对应赵老太爷;人性被扭曲异化者,如丁跛公对应狂人。从鲁迅到沙汀,从"吃人"到"兽道",以个体显示群体进而呈现历史共相,揭示中国文化病症。文学揭露社会病态的最终目的是改造社会,所以在批判的同时也予以希望。鲁迅《药》中"坟头上的鲜花"、《复仇者》中"清爽的月光"等,并不只是为了"装点欢容"让作品显出"若干亮色",而是

---

① 以《老烟的故事》中的知识分子形象为例,沙汀认为这是一群"生活在空隙中间的人",且是国统区知识分子普遍存在的生命状态。见《沙汀短篇小说选》,人民文学出版社,1978,第271页。

预示历史发展的趋向性。这是鲁迅克服自身主观情绪，努力使其文学创作更符合生活真实的自觉。① 沙汀亦然，例如，小说《法律外的航线》结尾"衰老荒凉的大江变年轻了"等笔法明显带有鲁迅笔法的痕迹。② 悲剧具有"净化"情感的功能，沙汀传承鲁迅的文学精神，以文学为"救治"社会的利器，以众多悲剧人物命运激发读者的民族之爱。

沙汀受鲁迅影响，与鲁迅微言大义的春秋笔法有所不同，沙汀善于用对话刻画人物性格，在细节上更具自然写实风格。在取人为原型的艺术与现实之间，沙汀倾向于"专用一个人"，鲁迅侧重"杂取种种人，合成一个"。③ 再以文学美学为例，鲁迅笔下的文化先锋战士陷入"无物之阵"的包围，呈现绝望反抗的悲剧美学。个体生命遭受压抑，就会滋生对抗情绪，产生革命因子，成为改变社会、推翻反动政府的潜在力量。新中国成立后，文学美学的基调从"黑屋子的绝望"的阴暗沉郁转变为"时间开始了"的铿锵明朗。④ 这种转变也体现在沙汀的文学中。鲁迅的"战士"在"无物之阵中老衰"；沙汀的"流亡者"在新中国转变为"主人翁的在场"。从鲁迅到沙汀，知识分子的文学理想与社会理想逐

---

① 陈涌：《鲁迅与五四文学运动的现实主义问题》，中国社会科学院文学研究所编《〈文学评论〉六十年纪念文选》第三卷，社会科学文献出版社，2017，第985页。
② 《沙汀选集》第一卷，四川人民出版社，1982，第30页。
③ 鲁迅：《且介亭杂文末编》，人民文学出版社，1973，第47页。
④ 鲁迅将中国青年的生存空间比喻为"黑屋子"，闻一多的《死水》表达对中国现实的失望，艾青诗歌在忧郁的情绪中蕴含抗争与希望的力之美。胡风的诗歌《时间开始了》表达对新中国成立的激动喜悦之情。

渐呈现统一性。

国家认同、身份意识决定文学风格与人生道路。鲁迅的弃医从文，源于他"我以我血荐轩辕"的家国情怀。鲁迅认为，中国当时最大的问题是民族生存，"而中国的唯一的出路，是全国一致对日的民族革命战争"。[1]他认为中国共产党有益于抗日、有益于国家，所以加入左联。他指出："然而中国目前的革命的政党向全国人民所提出的抗日统一战线的政策，我是看见的，我是拥护的，我无条件地加入这战线，那理由就因为我不但是一个作家，而且是一个中国人。所以这政策在我是认为非常正确的……"[2]沙汀写信给鲁迅时，还不是左联成员，且当时他在上海与文艺界并无多少交往。因为鲁迅，沙汀后来才加入左联。[3]再之后，沙汀奔赴延安，文学创作表现出对鲁迅精神与延安文艺的双重传承。鲁迅在《革命文学》一文中指出"革命人"身份意识、革命文学、革命社会实践之间具有内在统一性。沙汀牢记鲁迅教诲，走出书斋深入社会实践，以文学战士的精神坚持创作。[4]吴福辉认为，左联所有作家中最得鲁迅真传的便是沙汀。[5]

---

[1] 鲁迅：《且介亭杂文末编》，人民文学出版社，1973，第102~103页。
[2] 中国社会科学院文学研究所现代文学研究室编《"两个口号"论争资料选编》（下），知识产权出版社，2009，第515页。
[3] 沙汀、艾芜：《致〈二心集〉注释小组》，黄曼君、马光裕编《沙汀研究资料》，知识产权出版社，2009，第67~68页。
[4] 参见鲁迅《对于左翼作家联盟的意见》，中国社会科学院文学研究所现代文学研究室编《"革命文学"论争资料选编》，第733、735页。
[5] 吴福辉：《怎样暴露黑暗——沙汀小说的诗意和喜剧性》，黄曼君、马光裕编《沙汀研究资料》，第253页。

对作家而言,"在辗转的生活中,要他'为艺术而艺术',是办不到的"。① 沙汀的生命体验、文艺观和政治理念高度符合毛泽东《在延安文艺座谈会上的讲话》(以下简称《讲话》)的精神。以《还乡记》写作为例,"那是一九四三年,我的第一部长篇《淘金记》早已经出版了……当时我想,如果我只是写了当年国统区恶霸地主的囤积居奇,尔虞我诈,贫苦知识分子的困苦和救国无门,无论如何是不行的!我还得尽我的力量来反映一下当时农民群众在反动派基层政权的压榨下的呻吟、挣扎和反抗。一九四四年冬天……这中间,我第一次读到了毛主席的《在延安文艺座谈会上的讲话》,也听到了一些已经学习过这本伟大著作的同志对《淘金记》和《困兽记》的意见,使我有机会认真考虑了一些创作上的重大问题。当我重新回到睢水关时,写作《还乡记》的愿望更强烈了"。② 再以叙事艺术问题为例,沙汀从《讲话》中获得启发,解决了"何为小说故事情节发展的合情合理"的问题。"恰好我同胡风一道,我们边走边对一些问题进行交谈。我记得,谈话较多的是小说中的故事、情节的发展必须'合情合理',但是什么样的情和理呢?彼此有些分歧。这个问题,直到学习《在延安文艺座谈会上的讲话》后,我才基本上搞清楚。"③

延安文艺与鲁迅精神一脉相承,具有为人民为国家的共

---

① 鲁迅对叶紫创作艺术手法的评定,用于沙汀也是一样的。见鲁迅《且介亭杂文二集》,人民文学出版社,1973,第4页。
② 《沙汀选集》第二卷,四川人民出版社,1984,第905页。
③ 沙汀:《睢水十年——四十年代在国统区的生活》,生活·读书·新知三联书店,1987,第85~86页。

同主题。毛泽东于 1937 年在延安召开的鲁迅逝世一周年纪念大会上评价鲁迅是民族解放的急先锋。沙汀在《纪念鲁迅先生，检查创作思想》中，表示他要学习鲁迅的自我批评精神改变文学创作风格。[①] 此后沙汀的文学立场、文学态度、文学服务对象都遵循《讲话》精神发生了改变。新中国成立后的最初三十年，沙汀的文学创作以呈现历史的"前进性"为主要诉求。在这样的文化环境中，沙汀努力开掘出一条文学创作的新路，在历史与现实的对话中凸显人民精神面貌的转变、个人利益与国家利益的契合。这既是历史所致，也是沙汀社会文艺理想的"共鸣"。沙汀指出作家有责任以革命浪漫主义为主要创作方法来提升人民的共产主义思想。[②] 在 20 世纪 80 年代，沙汀重申了自己的文艺观，即对鲁迅精神和《讲话》精神的坚守[③]，并创作了《红石滩》等小说。沙汀以自己的文学创作，证明了从鲁迅文学到延安文艺的文学整体性。

但是，沙汀创作前后期取得的文学成就并没有达到叠加的效果，反而在后期显示出"歉收"现象。如何理解沙汀 1949 年后的写作困境？沙汀自己总结了三点：一是因为行政工作和社会活动较多；二是马列主义和毛泽东思想水平低；三是未能在群众中扎根。[④] 沙汀的总结是中肯的。沙汀后来

---

① 沙汀：《纪念鲁迅先生，检查创作思想》，黄曼君、马光裕编《沙汀研究资料》，知识产权出版社，2009，第 66 页。
② 《沙汀年谱》，黄曼君、马光裕编《沙汀研究资料》，第 35 页。
③ 《沙汀选集》第一卷，四川人民出版社，1982 年，"序"第 2 页。
④ 沙汀：《沙汀文集·小说集》第一卷，上海文艺出版社，1986，"序"第 2 页。

的写作困境，不是个案而是群体现象，何其芳、艾芜、巴金和李劼人等作家的代表性作品都创作于让人压抑的民国时期。这一现象，从共时性角度分析，反映了从现代进入当代的作家所共同面临的文化困境。受益于五四文化的现代作家创作，倾向于以"解构"为"建构"手段，而进入当代则被要求以建构性写作为主，文学写作范式的激变带来文学艺术的下滑，另外也体现突破自我的创作难度。沙汀1949年后的文学创作，固然存在艺术性欠佳的问题，但是不能因此否定他文学实践的意义。沙汀力图以表现新时代新人物的文学主题来呈现新中国。这既是作者生命体验与历史真实的体现，也是他勇于开创文学新路的精神再现，这是沙汀对鲁迅的叮嘱"一定能逐渐克服自己的生活和意识，看见新路"的文学实践。① 沙汀坚持创造性转换的文学道路探索，也证明其文艺观和社会观的高度统一。

第三节　身份意识：革命作家

沙汀于1927年加入中国共产党，1932年加入中国左翼作家联盟。他被称为"农民作家"、② "人民作家"。沙汀的自我身份定位则是"革命作家"。"革命作家"身份意识包含"农民作家"与"人民作家"，但"革命"具有更宏大的国家视野。

---

① 王瑶：《中国新文学史稿》（节录），黄曼君、马光裕编《沙汀研究资料》，第418页。
② 吴福辉：《怎样暴露黑暗——沙汀小说的诗意和戏剧性》，黄曼君、马光裕编《沙汀研究资料》，第257页。

沙汀的身份意识，让他对现代中国的期待不仅停留于"文学共和"的建构，更是奔赴延安亲身参与革命实践。沙汀于1938年夏天从成都到达延安，并与何其芳一起带领部分鲁艺学员奔赴战场。陕北与巴蜀，是两个迥然不同的文化空间。沙汀创作素以熟悉的巴蜀乡镇为表现对象。当面对延安不熟悉的环境，他陷入无法深度把握题材的焦虑。革命实践与创作困境，让沙汀陷入延安和故乡之间的两难选择。沙汀对四川农村熟悉到这种程度，甚至对方打个喷嚏，他就能揣摩其心思，"他们眨眨眼我都似乎可以猜透他们的意图"。[1] 这便有了沙汀回到四川故乡以写作为革命手段，突破困境的人生道路选择。大约在离开延安一年后，沙汀在重庆遇到了茅盾。茅盾直接问他怎么会离开延安，沙汀回答是由于文学上的原因。1980年沙汀在给一位研究者的信中再次谈及离开延安是出于创作上的考虑。他以散文《记贺龙》为例，指出创作该文章的缘由主要是贺龙讲话与四川话相似让他觉得亲切。沙汀说自己因不熟悉陕北导致很难写小说，只能写散文报道，即使努力尝试，也很难成功。他总结小说《闯关》不是很成功的原因便是对素材的不熟悉，这对于有文学理想的沙汀来说，显然是一种痛苦。

沙汀虽然离开延安，但他"身在国统区，心系延安"。他在国统区依然与延安保持紧密联系，为延安革命事业奔走。他主要负责两项任务：一是负责编辑《文艺抗战》，让其能继

---

[1] 沙汀：《纪念鲁迅先生，检查创作思想》，黄曼君、马光裕编《沙汀研究资料》，第65页。

续在重庆出版;二是为延安输送一批文艺工作者,增加鲁艺和剧团的力量。[1] 同时,沙汀向国统区地下党员和进步人士介绍延安的民心士气,介绍延安军民和部队上下级之间的和睦关系,开展革命与文艺工作,遭到国民党反动派的通缉。[2] 但此时的他,将生死置之度外,坚持革命与写作。这体现了他强烈的"革命作家"的身份意识。沙汀与延安的密切关系,决定了他在国统区的"异党"身份,且以"解构性"文学创作"建构"其身份认同。

新中国成立后,作为革命作家的沙汀,自觉以文学创作实践参与文化建设。沙汀先后进入中国文联、中国作协、中国社会科学院文学研究所工作。我们在此谨以沙汀在中国社会科学院文学研究所的工作为例,分析沙汀在新中国成立后的身份意识及其意义建构。

他在中国社会科学院文学研究所工作时(1978~1982),坚持实事求是,解放思想,充分相信和依靠所里的科研人员,减少行政干预与束缚,调动他们的研究积极性,营造了一种宽松的学术研究氛围,这是非常宝贵的。沙汀在中国社会科学院文学研究所工作期间,尽最大可能地做好工作。这是沙汀作为一名党员的自觉意识,体现一代文学工作者能为党和国家工作的自豪之情与奉献精神。对沙汀来说,参与行政事务等同于参与社会主义建设事业。

---

[1] 沙汀:《睢水十年——四十年代在国统区的生活》,生活·读书·新知三联书店,1987,第2、24页。

[2] 《沙汀传略》,黄曼君、马光裕编《沙汀研究资料》,知识产权出版社,2009,第7页。

1982 年春天,沙汀从中国社会科学院转入中国作协工作,开启他纯粹的作家生涯。沙汀的中篇小说《红石滩》于 1986 年发表,那年沙汀已经 82 岁,写作期间住院,胃被切掉 2/3。老年的沙汀由于眼疾,需借助放大镜才能写作。尽管如此,他依然坚持创作。这充分凸显了沙汀的作家身份意识。

为寻求文学理想和革命理想,沙汀曾三次离乡,赴上海、延安和北京。沙汀与现代文学史上很多离乡后长期居住于他乡的作家不同,他每次离乡后都会返回,且最后定居家乡。沙汀"三离三回"家乡,与他革命作家的身份定位不无关系。文学源于生活。沙汀熟悉家乡,为更好地创作(也是更好地革命),他需要扎根家乡,这就有了他的返乡。当文学和革命的理想发生冲突时,沙汀能为革命理想离开家乡。沙汀的人生道路显示了那一代中国知识分子自我身份定位的价值准则。沙汀那代人对文学与国家的关系有强烈的体验和反思,并凸显为文学的政治性。

余 论

走进历史,还原历史。"国家"赫然是中国近现代史最重要的主题,这正如毛泽东在《自由中国》第二期发表的题词:"一切爱国的人们,团结起来,为自由中国而斗争!"[①] 现代中国国情决定了现代文学现实性与政治性的整体性。由此出

---

① 唐沅等编《中国现代文学期刊目录汇编》,知识产权出版社,2010,第 2617 页。

发,1949年当中国人民站起来的时候,"十七年"文学的"欢快明朗"便可以理解了。沙汀文学继承鲁迅和《讲话》精神,回响着五四精神,"同步"于历史进程,显示了作家、作品和时代的整体性。在这样的背景下,重新审视沙汀文学,便具有了历史的意义。沙汀研究的启示性还在于,无论文学研究、文化研究,还是身份意识研究,将研究对象放置于宽广的历史时空做整体性考察,从事件的偶然性中推导出必然性和本质性,会更有普遍意义。

第二章

流浪与边地图景

——艾芜小说

引　语

政治是历史的重要维度，左翼文学强烈的意识形态将政治烙印在文学之中，成为历史镜像式的存在。作为左翼文学其中一员的艾芜，以流浪者的视野记录现代中国革命的发生，并突破区域、族群和国界，以亚洲视野建构国际左翼文学。艾芜的流浪生涯塑造了他的阶级观、社会观，其流浪文学中文化地理"共相"为饥饿、压迫、驯服和抗争。文学发生发展有其自身内部规律，但外部政治力量对其也有极大的影响力。面临近代中国国力衰微，期待"中华复兴"是中国现代文学诞生的主要原因。之前被视为"悦人耳目"、消遣娱乐的文学被赋予拯救国家民族重任，这成为近代知识界的共识。如何阐释中国现代文学中的政治性？是本章辨析的主要问题。本章以艾芜小说为主要考察对象，分析左翼文学意识形态的生成，并从文学中的现实性、政治性和历史性三个维度分析艾芜文学创作的现实意义。

第一节　理想与现实撞击下的"出走"

少年时期的艾芜受到五四新文化影响,深感待在故乡四川天地太过狭窄,故而决定出走,到外面大世界中去更新思想、扩大知识面、增广见闻。这一离开,便是三十年。理想与浪漫情怀在流浪生涯中一再被碾压,形成他"出走,再出走,继而再出走"的生命圈。"我那时,只是感觉到,来自家庭、社会以及小学校的知识,和杂志、刊物掀起的宏大思潮一比,确是太贫乏、太狭窄了。一个人应该勇敢地到世界上去,寻找更新的思想,扩大知识面,增广见闻。这就为以后我一个人离开了家、离开了故乡,到他乡异国去追求、探索,打下了一个不小的基础。"①

怀揣梦想,他人生的第一个站台是昆明。艾芜在昆明红十字会工作。为追寻理想,他以劳工神圣的理念鼓励自己,从事底层劳作。与此同时,他深感生活的"苦恼""卑贱"。②"我初期在红十字会内,虽然身体很健康,但一种奴役状态的生活,总使精神上感到受伤似的痛苦……"③他饱尝饥饿、失业的恐慌,成为一个"流浪人"。小说《鞋子又给人偷去了》中,那"成天只和饥饿做朋友"、唯一愿望只是"活下去"的主人公,似乎成为艾芜自身的写照。④工作之于艾芜,已不

---

① 《艾芜文集·第二卷》,四川人民出版社,1984,第146~147页。
② 《艾芜文集·第二卷》,第398页。
③ 《艾芜文集·第二卷》,第355页。
④ 艾芜:《南行记》,人民文学出版社,1980,第20页。

是理想，而是生存。"师范学生小学教师那一类体面身份，我早就把它忘记得干干净净，我只是一个被饥饿赶在街头流浪的年轻人，要找寻工作，犹如沉在水里的人，想抓拿救生圈一样。"①

有一次，他参加昆明街头的演讲会，发现自己于时代而言已经成为一个落伍的人。"我在这个大时代中，仿佛变成一个落伍的人了。"② 这对于尚有浪漫理想情怀的艾芜而言，无疑是沉重打击。艾芜的理想生活状态是陶渊明式的田园生活，但这种不为形役、不为物累的梦想难以实现。"有时看见阳光郎朗照着的农家瓦屋、青色菜地和垂着柔柳的小河，心想能够在那里租得一间小小的楼房间，就终天住在里面看书作文，从报上投稿，换取最低的生活费，将会是一种满意而又宁静的生活。但这点点微末的梦想，也难于做到。"③

理想与现实的撞击，让艾芜再一次出发流浪，他拟从昆明到缅甸。"先前我在成都的时候，还只想单单离开四川，记得那时曾写过四句誓言似的东西。'安得举双翼，激昂舞太空。蜀山无奇处，吾去乘长风。'现在则觉得要远离中国，才能抒吐出胸中的一口闷气似的了。仿佛一只关久了的老鹰，要把牢笼的痛苦和耻辱全行忘掉，必须飞到更广阔更遥远的天空去的一样。"④ 从离开故乡到离开祖国，此时艾芜追寻理

---

① 《艾芜文集·第二卷》，四川人民出版社，1984，第 326 页。
② 《艾芜文集·第二卷》，第 416 页。
③ 《艾芜文集·第二卷》，第 417 页。
④ 《艾芜文集·第二卷》，四川人民出版社，1984，第 419 页。

想的浪漫情怀已经被底层生命体验浸染上流浪甚至是流亡心态。个体生命与其所处的整体社会环境之间的不和谐,说明两者之间存在可能的断裂、对抗。

当艾芜将自己准备离开祖国的决定告诉朋友们时,所有人都表示赞成。"有钱的打算出去考学堂,没钱的便决心出去流浪。象改名'废姓梦华'的夏钟岳,便在我离开昆明后,而从云南悄悄出走。"[①] 这说明"流浪"不是一种个体心态,而是一种群体心态。这种现实土壤滋生的与反动政府"对抗"的左翼文学,产生了"文学共和"的构想,让一批拒绝认同当时国民党反动统治的作家以文学为空间,在文学中建构了一个理想社会,以文交流。

1927年3月,艾芜向缅甸出发。此后,他流浪在马来西亚、新加坡和缅甸等地,切身感受到殖民统治对这些国家造成的伤害,强化了他的阶级、民族受难意识,促使他从书斋走向街头参与革命。约1931年,他被迫离开缅甸。[②] 回国后,他继续流浪在上海、桂林和重庆等地。战乱体验强化着艾芜的国家观念。

艾芜的创作呈现地理性、阶级性、人性、民族性和政治性的重叠。或主动或被动的跨区域流浪生命体验,让艾芜笔下的文学地理图景显示出差异性;与此同时,流浪体验滋生的左翼视野让艾芜的文学地理图景具有阶级革命话语的共性,具有统一的审美意识形态。

---

① 《艾芜文集·第二卷》,第419页。
② 《艾芜文集·第二卷》,第433页。

第二节　从流浪到流亡

艾芜笔下的地理景观,大体上可以分为两个部分,一个是缅甸、新加坡等热带地区,另一个是重庆和桂林等内陆地区。前者充满浪漫风情,但被人类的贪婪碾压,显现出"生"的挣扎;后者清幽宁静,却对生命形成围困之势,成为压抑窒息的"井"。地理景观在人类眼中被带上主观色彩,成为文学世界的一部分。

热带地区,阳光充沛,植被茂盛,果蔬丰富,充满生机活力。在《芭蕉谷》中,到处长着芭蕉、芒果、椰子树和一些常年不落叶的野树,人家房前屋后蔓生着紫绿的含羞草。"店子的生意,也象谷里的草木一样,极其茂盛。"[1] 店老板和姜姓老板娘虽然每天忙碌,疲倦极了,但眼里总是含笑,闪着幸福的光芒。《南国之夜》中有蓝色群峰、温柔的夜、星空、似水月光、牛羊成群、芒果、芭蕉、椰子林、美丽的姑娘、浪漫的爱情。"南国的山里的女儿,那是有着南国的芳香的,那是有着咖啡椰子香蕉的芳香。黑的头发,黑的眼珠,黑的牙齿,是在他的眼前了。象牙色的酒窝,闪着一串笑,正撩拨着他的酩酊的心境啊。"[2]

热带风情是艾芜流浪生命体验中的一道风景,这道风景因作者的生存挣扎而显得光影斑驳。流浪体验让艾芜笔下的

---

[1] 《艾芜文集·第三卷》,四川人民出版社,1984,第179页。
[2] 《艾芜小说选》,湖南人民出版社,1981,第2页。

自然景物蒙上暗淡的阴影。植物的"生机"与生命的"挣扎"形成对比。在《芭蕉谷》中，失去丈夫的老板娘在荒芜的山岭，被野蛮可怕的森林包围，还要忍受男客们的调笑。小说《月夜》中，彝族人家四围那没有灯光的荒山，在寂静冷清的夜里，在惨淡的月光下，在黑郁郁的树林中，小虫低鸣，混合着杂木、野草、香蕉、菌子、鸦片和艾叶等气味，还有偶尔传来的狗吠以及小偷的潜入。《月夜》中的世界，偏远死寂充满犯罪气息和仇恨。植物的丰茂，抵不过人类的贪婪掠夺。边地，充斥着饥民、罪犯、小偷，人挣扎在底层。这一群处于社会"边缘"的流浪人，让艾芜笔下的热带风景呈现地理与文化双重意义上的边地景观。

边地远离权力中心，边地文化与权力中心形成"疏离"或"对抗"关系。被殖民的国家，无论乡村还是城市，由于在政治、经济和文化等方面的"边缘性"，都属于广义的边地，例如小说《爸爸》中的"新加坡印象"，又如《南国之夜》中的"缅甸印象"。

艾芜"流浪人"的身份使其对边地文化更容易接受，也使他更容易对民间侠义文化接受认同，如《南行记》。又如在小说《月夜》中，小偷吴大林遵循师傅"岩鹰不打窝下食"（同道人不能互搞）的规矩，在某种意义上显示了对江湖道义的"传承"。艾芜表达了对小偷的同情理解，以及在某种程度上表达了对江湖规矩的欣赏，他将批判的长剑指向了"产生"小偷的社会机制。"我"将小偷归为"我"的同类，显示出"我"的身份意识定位。

艾芜从民间视野和对侠义文化的肯定来消解传统、权威、正统。知识分子是民族文化得以传承的群体,是社会的精英、民族的灵魂。艾芜通过描写知识分子在社会中的"卑微"甚至"无用"来表现时代的荒诞。"……书本子我真是瞧不起,象他老兄,人是好的,可就是读几本书,把脑子弄坏了,整天胡思乱想的。"① 作为知识分子中的一员,艾芜以这样的方式既表达对社会的嘲讽,也表达对自我的嘲讽。当居庙堂之高的知识分子群体被否定,民间文化、侠义文化便会出现定位的转移。艾芜流浪小说对民间文化的描写表现为暴力与正义的模糊性、歧义性,这预示转移的多种可能性,如《松岭上》、《在茅草地》、《私烟贩子》和《流浪人》等,显示艾芜对侠义文化的接受。中心与边缘发生位移,正邪混杂难分,这种现象通常出现在社会动荡或者社会转型时期。

艾芜对故乡有一种别样的感情。1947 年,《故乡》首次出版。1983 年,艾芜在《故乡》再版的"修改后记"中写道:"我在《故乡》第一次印出时,说书里所描写的故乡,不是我的故乡,可是这一次再印,我却要说书里的故乡,又变成我的故乡了。这一次重读的时候,真是感到又回到了故乡。三十多年没见面的人们,重新再见,多么亲切,令人喜悦啊。"② 故乡有着传统水墨画的情调,缥缈、宁静、美丽,是流浪人的归属。

> 碧绿的茶树,把满山满岭都装饰起银白的花朵,敞

---

① 《艾芜小说选》,湖南人民出版社,1981,第 64 页。
② 《艾芜文集·第四卷》,四川文艺出版社,1986,第 601 页。

在暖和阳光的天底下,闪烁出无数小星似的光辉。这是故乡!

赤褐色的泥土,点缀起棵棵的青松,森严寂静的林中,时时有鸟鸣的声音,播送出来。这是故乡!

人家屋前的枞树腰身上,缠着臃肿的稻草,水牛黄牛躺在下面休息,它们都半闭着眼睛,宁静地嚼着胃里翻出的干草。这是故乡!

……他家所在的村落,紧靠着山,面对狭长的平原。山后和村落左边,绕过一道清澈的江流。

村后的山岭,从足到顶,都是密密长着篁竹和常青的树子,终年都拿茂盛浓绿的景色,做着黑瓦粉墙的背景,分外把村庄显得清幽和静寂。……①

艾芜在表现故乡之美的同时,也写出了故乡在政治、文化和伦理多个层面对个体生命形成的围困。个体生命与故乡之间形成离去—归来—再离去的模式,他写出了个体生命对故乡围困的突破与超越。

环境和时代是构成故乡印象的决定性要素,艾芜的故乡书写折射出他对社会时代的否定。在物理意义上,"回不去的故乡"是流浪人的悲哀,如小说《爸爸》。在精神意义上,"回不去的故乡"更是流浪人的哀愁,例如,在小说《乡愁》中,主人公被算计,被迫逃离故乡。回乡之后,"无归属感"的隔膜,更是生命的悲哀,短篇小说《回家后》表现了主人

---

① 《故乡》,《艾芜文集·第四卷》,四川文艺出版社,1986,第1页。

公与故乡之间的隔膜，小说采用女性视角，写一位女性知识分子辞职回到故乡瑶山，人与事的变迁都让回到故乡家中的她感到"孤寂"，"离开"成为她的再次选择。这种"隔膜"也表现在长篇小说《故乡》中，"出走"成为"希望"之途径，"想到这点，我觉得我的将来，很危险，应该到血和火中去锻炼"。① 艾芜小说中的"故乡"，可理解为一种生命的状态，故乡意味着狭隘、固化的生命状态，唯有"离开"，才能有开阔的生命境况。在国家危难之际，艾芜笔下的故乡不再是狭义的生长之所在，而是成为集文化、政治和经济于一体的整体性历史社会思考。他笔下的主人公与故乡"隔膜"，"出走"故乡，代表他与所处时代的"隔膜"和"出走"，从流浪文学走向流亡文学。流浪，倾向于物质生存层面，表示地理空间的离乡。流亡则有政治性，或被放逐，或主动疏离政治中心，是地理与政治双重意义的流浪。流亡，在个体生命与政治中心之间存在驯服与反抗两种张力场域。

　　流浪文学在民国时期比较普遍。欧阳山在1930年出版小说集《流浪人的笔记》，"七月派"作家路翎的《财主底儿女们》描写主人公在巴蜀土地上的"流浪"，等等。这些作品都揭示了个体抗争的失败，体现了旧社会对健康、美好生命的吞噬，从而否定那个时代。身体与精神双重意义的流浪表达了作者对自由理想的追寻、对现实世界的否定，构成反叛性。

　　艾芜的流亡感催生了他的左翼文学观。流浪文学，是作家对远离家园四处流浪的生命描述。就社会学而言，"流浪"

---

① 《故乡》，《艾芜文集·第四卷》，第592页。

通常与"边缘"紧密相连;从意识形态来看,"流浪"具有与政治中心"对抗"的意味。这些文学中的流浪生活体验,从"身体流浪"与"精神流亡"两个层面反映作者对自身所处时代的双重抗拒。双重抗拒往往体现为"驯服与反抗""浪漫与忧伤""阴郁与希望"几个主题,以复调的形式合奏出一曲慷慨悲歌。

第三节　左翼视野下的地理"共相"

艾芜青年时期为理想而流浪,然后又因为战争被迫流浪,流浪生活使他的笔下出现不同的地理文化景观。他笔下的昆明、腾冲、梁河、盈江和缅甸等地,浪漫与忧伤、阴郁与希望交织,形成一首复调南行曲:在邵通,随处可见饥饿的人群(《人生哲学》);在缅甸,警察掠夺欺辱酒店老板娘(《芭蕉谷》);在内地,不乏孤独无依的母女(《受难者》)。艾芜的现实主义文学叙事聚焦于饥饿、压迫、驯服和反抗,写出"人们在生存线下的挣扎"。

内视野:人性恶·社会恶·机制

当民族危难之时,以文学谴责入侵者固然是一种反抗方式,但反思自身,从内部挖掘式微因子才是关键。艾芜小说通过揭示人性恶、社会恶,进而反思、审视民族和国家的前途命运。

监狱常常代表犯罪、黑暗与暴力,但反讽的是,在特殊的历史时期,在监狱中的时光竟成为一个小孩成长中的"黄金时代"。小说《小宝》中,在监狱的日子成为小宝生命中的"黄金时代",是小宝一生中唯一一段快乐时光。离开后,小宝对监狱生活念念不忘并尝试再次回去。小说结尾暗示了小宝离开监狱后的生活:为回到监狱而故意犯罪。小说从侧面揭示了社会的黑暗、教育缺失、生存艰难,暗示"这是一个让好人变成坏人"的疯狂社会。社会恶催生人性恶,形成恶性循环,酝酿悲剧。艾芜的小说《强与弱》以文盲阿三遭到狱霸欺凌,被逼写信回家向妻子要钱,导致妻子卖掉一个孩子的悲惨故事,揭示了人性恶。"有些时候,阿三疲倦了,仰身躺在地板上歇息,若给李兴和大老板他们看见,便会将他一脚踢起来的,说这样仰睡,活象死尸,是不吉利的。至于偶然把双手交放在背后,也是要给他们打骂的,因为背着手,象赴杀场,又是不祥的了。"[1] 艾芜在谴责恶势力时,也尝试探讨弱者为什么弱。小说通过对人性恶、社会恶的剖析,谴责滋生"恶"的社会机制。在这种社会机制之下,"悲剧"便成为社会常态。

悲剧,表现生命的合理诉求在现实社会的不能实现,甚至"美好事物"被摧毁。小说《一个女人的悲剧》、《芭蕉谷》和《尚德忠》等从性别视野、阶级视野、民族视野揭示个体生命悲剧、家庭悲剧、社会悲剧。《一个女人的悲剧》讲述了女主人公为救丈夫被逼廉价卖掉地里未收割的玉米,结果丈夫未救成,反而被算计失掉了仅剩的钱财,也丢了儿子的性命,绝望的她拉着两个女儿跳崖自杀的故事。小说揭示

---

[1] 《艾芜小说选》,湖南人民出版社,1981,第 53 页。

了旧社会对个体的挤压围剿,在写出社会恶、人性恶的同时,也写出了女主人公的愚昧。《芭蕉谷》写出了一个女性所遭受的阶级和性别的双重压迫:女子被奸污却只能隐忍、逃亡,即使反抗,换来的也是敲诈与刑罚。小说揭示了女性所遭遇的悲剧并不因地域的改变而改变,"女人这时急得满脸流泪,便不管手里的钱落在地上,也不理地下稀烂泥泞,就直朝英国官跪下,喊起冤来。一面把丈夫奸污女儿的事情,用景颇话从头一五一十地说着。……侦探长是缅甸人,恨女人把钱交迟了,就向洋人官员进谗言……女人却不知道这些(同时也不知道他们说话),以为洋官员还在听,就只顾埋着头,伏着身子,哽哽咽咽地讲着,后来,并说侦缉怎样调戏她,摸她的乳房敲诈她的钱……"①

"研究个体生命,同时也就是研究家族社会。个体生命的变迁,自出生至老死,恰好绕成一个圆圈,在这圆圈之内,每个人生命必需依赖他人而生活,自出生至老死,上连下继,循环递嬗,由个人圆圈形成家族生活的大圆圈。"②艾芜通过书写个体生命悲剧和家庭悲剧,来表现社会悲剧。艺术作品是历史整体中的一部分,两者互动共生。艾芜对民国时期的文学书写显示出其对国民党反动统治的反抗,由此形成他文学中的"流亡"意识,进而催生他的新的国家观,这是"九一八"以后新兴文学的特征。"庚子以来的民族观念,中间因为官吏的内讧、军人的争霸、阶级的斗争,闪在

---

① 《艾芜文集·第三卷》,四川人民出版社,1984,第209页。
② 林耀华:《从书斋到田野》,中央民族大学出版社,2000,第167页。

纠纷的外围,终于一个当前的更大危机把它更清楚地展开。我们不再计较过去,一切朝着一个新的顶尖发扬,国家至上成为我们共同的口号。"①

外视野:压迫与反抗

通常情况下,大众务实而易于满足,关注柴米油盐等日常生活。但受到压迫时,大众又是最富有革命精神的,尤其在阶级、民族矛盾激化时,被压迫的民众便会发出"咆哮"的革命之声。

压迫与反抗是一对双生子,《南国之夜》写出了缅甸人民在被压迫之际的祈祷和之后的奋起反抗,反抗涌动着英雄的热潮。"真正的缅甸的王啊!唉,你怎么还不起来呀?怎么还不起来呀!""于是,无数的拳头,无数的足腿,齐向着这一块雪白的肉体,发泄了数十年来积下的怨气。""每一个男子,每一个女子,每一个孩子,就从此伸直了腰干,抬起了头,挣断了一切的锁链。"②

艾芜对新加坡的书写同样反映了压迫与反抗的主题。小说《爸爸》中,"俱乐部下面的世界,好象转换一个时代似的。一切都怪沉闷的,阴沟里微微冒出的腐气……但俱乐部的上面呢,却仍是照旧的,年青的女人,晚晚笑盈盈地走了上去,歌声笑声杂着牌响,通宵滚了下来"。③ 小说描写了一

---

① 李健吾:《咀华集·咀华二集》,复旦大学出版社,2005,第151页。
② 《艾芜小说选》,湖南人民出版社,1981,第5页、第7页、第9页。
③ 《艾芜小说选》,第110页。

个在新加坡的异乡人从懦弱苟安转变为敢于走上街头示威对抗。"……于是,饥饿的人,失业的人,褴褛的人,通通走出来了。吼着饥饿的呼声,雷也似的震在街头、打过俱乐部门口时,独自躲在门里偷瞧的爸爸,看出同自己一样的人们,是正在怒吼着,咆哮着了,便握紧两个拳头也跳了出去。"①

小说《咆哮的许家屯》中,在日军蹂躏下,许家屯"溅出看不见的黑的血浆"。②百姓对流氓汉奸的"敬畏",对日本士兵的"惊奇""疑惧""惊惶",让整个许家屯在日军的"低气压"下任人宰割。北国的春夜格外寒冷凄惨,敌人的压迫滋生恐惧,也催生反抗。恐惧将每一颗跳动的心灵串联在一起,汇集为爆发的雷声。

满洲平原的地雷炸裂了。

许家屯在黑暗中咆哮着。

各处涌着被压迫者忿怒的吼声。

关帝庙和冯公馆,冒出冲天的火焰,吐出无数鲜红的舌头,宛如要吞尽漫空的黑暗一样。③

压迫与反抗成为艾芜流浪文学的主题,再如小说《春天的原野》:"于是这一片被敌人践踏的土地,便再不能忍受沉默,这一夜就开始了咆哮。而那原野中的林子,四山的群松,

---

① 《艾芜小说选》,第 119 页。

② 《艾芜小说选》,第 11 页。

③ 《艾芜小说选》,湖南人民出版社,1981,第 35 页。

仿佛和风约好似的,一齐发出助威的呼声,威吓这些从远方侵来的敌人。"①

艾芜流浪小说中的亚洲视野,对中国、缅甸和新加坡等区域的文学书写,聚焦于压迫和反抗的主题,凸显不同区域的文化地理"共性"(革命、民族和国家的主题)。

艾芜"南行"中的底层生命体验塑造了他的阶级观、社会观,使他往马克思主义文艺观靠近;另外,他曾受鲁迅先生教诲,有意识地以自己熟悉的底层民众为文学表现对象,这些也促成了他的左翼文学观。与此同时,艾芜小说中不同地域的人文风情、侠义文化和革命理想色彩,让其作品"突破"了左翼文学围栏,具有文化地理学、人类学、社会学和政治学多重维度。

第四节　现实性·政治性·历史性

2019 年是新中国成立 70 周年,也是中国新文学诞生 100 周年。回顾中国现代文学走过的路,有些问题依然"在路上",值得我们思考如何认识中国现代文学的"忧患"意识?文学如何"突围",又如何建构文学的历史性?这必然涉及现实性与政治性两个重要维度

文学的现实性与政治性具有相当程度的重叠性。恩格斯曾言:"正像达尔文发现有机界的发展规律一样,马克思发现了人类历史的发展规律,即历来为繁茂芜杂的意识形态所掩

---

① 《艾芜小说选》,第 151 页。

盖着的一个简单事实：人们首先必须吃、喝、住、穿，然后才能从事政治、科学、艺术、宗教等等；所以，直接的物质的生活资料的生产，因而一个民族或一个时代的一定的经济发展阶段，便构成为基础，人们的国家制度、法的观点、艺术以至宗教观念，就是从这个基础上发展起来的，因而，也必须由这个基础来解释，而不是像过去那样做得相反。"① 物质基础对精神文化产品具有相当的影响力，政治和文学都属于生产力基础之上的"精神产物"。在精神层面，文学与政治具有深切的内在联系。"文学力量的关系，部分意义上是通过政治力量的关系来体现的。"② 当中华民族遭遇危难之际，文学对政治社会的参与、介入是文学"现实性"的要求所致，更是知识分子风骨的展现。

现代中国文学的现实性与政治性几乎可以说是合二为一的。

鲁迅由幻灯片事件得出中国人思想启蒙的重要性，由此从学医转向学文。郭沫若则从阶级角度分析，认为如果社会制度没有改变，穷人即便疾病被医治好也只能继续被有钱人压榨，他在作品与现实中都发出了对资产阶级的批判。这为他之后加入左翼联盟埋下伏笔。艾芜通过在仰光看电影事件，知道文学艺术不是茶余饭后的消遣，而是与国家命运息息相关，也由此开始慎重对待文学。艾芜归国后受鲁迅、沙汀影响，致力于反映弱小者的生活，这便有了《南行记》等文学

---

① 《马克思恩格斯选集》第三册，人民出版社，2012，第1002页。
② 〔法〕卡萨诺瓦（Casanova. P）：《文学世界共和国》，罗国祥、陈新丽、赵妮译，北京大学出版社，2015，第90页。

作品的诞生。

国家想象是现代文学的重要主题之一。近代衰微的中国被拿破仑喻为"沉睡的雄狮",有文人以此形象作文,如陈天华的《狮子吼》。梁启超期待"少年中国",郭沫若、闻一多分别想象"凤凰涅槃"与"如花"的祖国。他们文学作品中的政治性都源于现实。艾芜小说中人物的痛苦和悲愤都是作家本人情感的投射。作者与"我"具很大的叠合性。他的阶级观、社会主义国家观形成于"南行的漂泊"中。文学的"亲历性"和现实性叙事见证了文学"政治性与现实性的叠合性"。

政治是构成文学的重要因素,但不能完全主导文学,文学具有独立性。民国时期,一批作家在国民党反动统治之下以左翼文学为主建构了文学空间内的"文学共和",即以文学"抵抗"反动统治,建构一个彼此呼应互动的虚拟共同体。"文学共和"这个概念源自卡萨诺瓦的《文学世界共和国》。卡萨诺瓦将世界文学理解为一个具有中心与边缘的统一体,文学世界如同一个有自身体质和机制的共和国,在这里面依然存在统治与被统治的关系。本书借用这个概念特指文学世界中以阶级、民族为表现目标的文学。"左翼文学"显示文学不是完全由政治力量决定。面对国民党的反动统治,从左翼文学到自由主义作家,中国文坛以文学激发抗战热情,以文学反映人民渴望抗战的心声。民族、革命成为时代主题,这个文学世界凝聚了一大批知识文人,如艾青、臧克家、胡风、何其芳、巴金和沙汀等。他们以笔记录了近代中国的阴郁沉重、荒凉贫瘠和英勇抗争。

在这样的历史背景下，1949年，当中国"挺直脊梁"站在世界之林时，他们都发出了源自内心的"颂歌"。诗歌是时代文化的前哨，诗人在不同历史时段对国家民族的文学书写显示了历史转折与文学范式之间的密切关系：郭沫若从早期"凤凰涅槃"的民族期待到《新华颂》，胡风从《为祖国而歌》到《时间开始了》，艾青从《雪，落在中国的土地上》到《国旗》，何其芳从《成都，让我把你摇醒》到《我们最伟大的节日》，等等。这成为当时文学创作的一种"共相"，"颂歌成为一个时代的标志"。将这种文学现象放置在特定的历史转折时期，可以发现这是文学属性之一。这种政治维度与文学维度的契合，构成文学的新的历史维度。

中国现代文学中政治与文学之间的关系，如同生命与氧气，无法分离。无论是"自觉靠近"，还是"被迫抵近"，都反映出两者之间压抑与对抗、靠近与疏离的"紧张关系"。

"现实性"与"政治性"的重叠使中国现代文学充满浓重的忧患意识。当下，消费文化加速文学从中心向边缘的位移，促使文学对"世俗""日常"进行关注。"疏离""抗拒"在西方后现代文化思潮中被发酵，造成文学的"非政治化""非历史化"倾向。伴随解构思潮，历史虚无主义弥漫当代文坛。新历史小说以"日常""欲望"消解历史，网络架空小说对时空的"抛掷"，影视抗日神剧对历史的"戏说"，这些都造成对历史的遮蔽。文学的现实性与政治性组成其历史性。历史是文化之根、民族之魂，对历史的遮蔽会造成"无根"的民族，瓦解民族凝聚力。一个民族，如果无知于历史，则不能反思历史，阻碍民族的自我认知，阻碍民族的发展。

当代文学的面向引发学界对文学现实性、政治性和历史性的再思考，例如，当前学界对"十七年"文学的再解读。与之相伴，文学从新写实小说到新体验小说，从新市民小说到新现实主义小说，现实性叙事成为观照、介入社会的主要文学叙事方式。从现实性、政治性、历史性再到现实性，显示出流动性的整体文学史观。

在这样的历史语境下，再审视艾芜小说的当下意义，则具有历史的深度与现实的广度。如何看待文学中现实性与政治性的关系？这是理解中国现代文学"激进"的关键，也是审视左翼文学现实意义的关键。

艾芜、沙汀等左翼作家，他们的文学选择出于生命自觉，是他们政治观、文艺观的自觉体现，说明了文学由边缘到中心、从遮蔽到凸显的话语权利转变。例如，艾芜青年时期认为最体面的工作是做一名小学教师，到1949年之后，他不但实现而且超越了这个愿望，成为重庆市的文化局局长。这种身份的转变，使他笔下边地印象从"悲歌"到"欢歌"的转变具有了合理性。

陈天华、秋瑾等人"强大的现代中国"的设想在"文学共和"层面是难以实现的，建构一个新国家不是重建古老的法律，而是需要通过革命。福柯认为："这个建构不是通过古老法律的重建来实现，而是通过力量的革命来实现——革命的意义正是指从黑暗走向光明，从最低点走向最高点。"① 文

---

① 米歇尔·福柯:《必须保卫社会》，钱瀚译，上海人民出版社，1999，第181页。

学作品可以呈现革命的成果和现实的转变,例如艾芜小说中呈现的凉山印象。1925 年,艾芜经过大小凉山,因为怕被抓去做奴隶主的娃子(奴隶)而胆战心惊,① 随着凉山奴隶制的推翻,奴隶的解放,他对凉山的印象转变了。"幸好解放了,几千年的祸患,终于去掉了。而且深深感到,没有共产党,大小凉山的奴隶,还会在今天过着牛马一样的日子。历代的帝王都不肯做,而且也不愿做的事情,只有共产党才做到了。共产党是真正为人民服务的。"② 这种转变是通过"革命"实现的。再如,艾芜笔下流浪者和农民的生命愿望从"不能实现"到"实现",表现了个体与整体环境的一致性。艾芜"向前看"的文艺观,引导他创作了《百炼成钢》、《南行记续篇》、《春天的雾》和《南行记新编》等小说。

五四时期和 20 世纪 80 年代是中国文坛较为活跃的时期。这两个时期的文学作品也最能体现作家真实的文艺观。艾芜对《山野》未能完全显示小人物抗日的悲壮而深感"惭愧"。"……就是那些卑微的人物,他们曾在抗日的战争中,不愿做奴隶,能为自由而战争,能为压迫而反抗。这本小书里面没有全写出来,这又是我很感到惭愧的。"③ 他在《山野》第三次印刷时,将国民党当局删去的文字予以恢复。恢复的内容

---

① 《艾芜文集·第二卷》,四川人民出版社,1984,第 322 页。
② 《艾芜文集·第二卷》,第 322 页。
③ 《原野》,《艾芜文集·第六卷》,四川文艺出版社,1986,写于 1947 年的"后记"第 304 页。

是关于"前线""八路军"的。①被历史遮蔽的内容是老百姓参加革命,拥护共产党。对文学做这样处理的作家还有沙汀。这两位作家具有很多相似点,都是巴蜀作家,又都是左翼作家。他们的文学创作继承了鲁迅的现实主义传统,发扬左翼文学为大众、为民族、为国家的传统,响应且坚持了毛泽东《在延安文艺座谈会上的讲话》的精神。

艾芜小说从民国期间的"对抗"到新中国时期的"契合",这样的转折显示艾芜这一代人在经历"绝望的死水""冰雪覆盖"的灾难岁月后②,从"文学共和"到"政治共和"的飞跃。

结　语

在当下的后现代语境中,艾芜和沙汀等左翼作家的文学被历史化,好似已经成为过去,但事实上这些被历史化的作品依然具有现实意义。正如艾芜所言:"我觉得应该使年青人有知道过去黑暗时代的必要,因为知道那时的人民,是在国民党的统治下面,过着怎样痛苦的生活,也就会深深地热爱今天新的社会。……同时,也就不能不感到生活在共产党领导下的今天的新的社会,是我们极大的幸福。"③艾芜文学中的现实主义精神、浪漫情怀,在消费文化中恰恰是一种重要

---

① 《原野》,《艾芜文集·第六卷》,《山野》"再印后记"第307页。
② 参见闻一多《死水》和艾青《雪落在中国的土地上》。
③ 《艾芜文集·第三卷》,四川人民出版社,1984,"序言"第2页。

的补充。当代文坛,史铁生、张炜和贾平凹等作家依然以高扬人文情怀、抵制消费文化为精神寄托,体现出现代性。何为现代性?文学空间中的现代性在于捕捉当下的问题与"最新的特殊创新物"。[①] 融现实性、政治性于一体的艾芜作品,于现在和未来同样具有现代性。

[①] 米歇尔·福柯:《必须保卫社会》,钱瀚译,上海人民出版社,1999,第102页。

第三章

反现代的"现代性"

——阿库乌雾诗歌

当今学术界面临"失语"的危险。翻开浩如烟海的学术文献，许多学者动辄以西方为圭臬，在他们眼里，西方的理论术语就是当今学界的金科律令。

阿库乌雾又名罗庆春，既是诗人也是学者。学者身份的他长期处于学术文化氛围里，对当今文化走势，有深刻反思。保护民族语言及文化成为阿库乌雾的人生理想。"在多元文化大撞击、大整合、大汇流的时代大潮下，我深深感到我所拥有的纯朴、厚蕴的彝族母语文化正在遭遇空前的震荡与损毁……我身体内的母语语感、母语思维、母语智慧日渐削弱乃至萎遁。为此，我时刻承受着来自内心世界莫名的悸动与恐慌。……完成对我与生俱来的母语文化生命力的承载与接续，用我一生的文化行为、精神举措及生命内涵去破译并保护我的母语文化。"[①] 作为一名来自大凉山的彝族男儿，阿库乌雾向世界推出了当代第一本彝语诗歌集，用民族语言向世

---

① 罗庆春：《灵与灵的对话——中国少数民族汉语诗论》，天马图书有限公司，2001，第238页。

界发出自己的声音。

阿库乌雾的诗歌创作是在一种理性认识的牵引下进行的。因此，阿库乌雾诗歌呈现的美学特征不是缠绵悱恻、悠远飘逸或是廉价的乐观向上，而是在对民族历史文化的体悟、坚守、承续中展现出沉重的忧患意识。这种忧患意识在诗歌中体现的美学风格便是一种上下求索的悲壮美。

当代诗坛具有多样化的风格特点，一部分诗人沉浸在玩弄文字游戏的所谓先锋派里；一部分诗人陶醉在风花雪月的浅吟低唱中。在这样的诗坛环境中，阿库乌雾这种充满生命激情的悲怆写作就具有独特的价值和意义。

由于强烈的民族情感，写诗于阿库乌雾而言是一种使命、一种责任，不是偶尔为之，更不是才子佳人的感伤和浪漫抒怀。这种使命感、责任感使阿库乌雾诗歌的美学风格有别于阴柔的优美，呈现出浓烈阳刚的悲壮美。这种悲壮美体现为在坚守中上下求索，追问苍天神灵、逼视俗世阴暗晦涩的果敢以及以他者身份透视现代文明时所展现的大美情怀。

第一节　坚守的悲壮

首先，阿库乌雾的诗歌创作理念是坚持用彝语创作，坚守民族文化，在坚守中上下求索，呈现悲壮美。

阿库乌雾的诗歌以民族历史文化为背景，摈弃个人情感的抒发，因而呈现宏阔的气度。阿库乌雾的代表作《招魂》

以深情的呼唤、沉重的思索，感动了无数读者。早在先秦时期，屈原就创作了流传千古的《招魂》诗。阿库乌雾与屈原不同之处在于，倾诉的对象发生了变化，面对的时代环境也完全不同。屈原在奸臣当道的险恶环境中，以"君"为倾诉对象，抒发自己忠君爱国的无限情思。阿库乌雾的倾诉对象是整个民族，抒发的是民族情感。阿库乌雾呼唤远古英雄的回归，渴望借助英雄的神力重振消亡中的民族文化。诗人膜拜祖先，期望从祖先那里借来原始生命活力，给衰败的文化输入新鲜之血液。诗人是在呼唤"正在消逝"的过去，而过去之于现在是式微虚无的状态，所以这种呼唤被赋予一种悲壮的色彩。这种抗争充溢悲壮的美学风格。阿库乌雾为民族文化呐喊抗争，期望在文化大汇流的世界，民族文化能在世界中占据一席之地。

> 我只能在梦中赞美你的夭亡
> 想象你伫立土地深处活像一束不灭的
> 　　　地下火把
> 　　　　　　——《夭亡》[1]

> 先祖啊
> 　我用两颗旧牙
> 　换你两颗新牙
> 　　　——《毕摩》[2]

---

[1] 阿库乌雾：《阿库乌雾诗歌选》，四川民族出版社，2004，第13页。
[2] 阿库乌雾：《阿库乌雾诗歌选》，第69页。

再如诗歌《鼓韵》:"鼓面上芳草萋萋……幸免于难的词语/宛若古鸾之羽/遥远而亲切。"① 诗人对民族文化的爱之深、之浓,使得诗人自觉担当起建构的重担,即使面对文化的夭亡,诗人也要赞美。《毕摩》当中,"旧牙"与"新牙"的故事,就是一个隐喻。"旧牙"代表的是式微的文化,"新牙"代表的是即将建构的文化形态。诗人在建构的同时,也解构当前的文化。已经被异化消亡的古老文化,诗人将之描绘为荒原。人们在这"荒原"上形骸俱释。他的诗歌与波德莱尔的诗歌有异曲同工之妙。不同之处在于,波德莱尔以放浪不羁的形式书写现实人生体验,阿库乌雾以沉重执着的形式展现民族文化的诞生、成长、消亡、拯救。前者基于个体对人生、社会的思索,后者基于个体对整个民族文化的思索。所以前者面对荒诞人生以"丑"为审美对象,后者站在历史的转折点以民族文化为审美对象。阿库乌雾以智者的眼光审视文化,审美风格沉重乃至沉闷,不可能如波德莱尔一样,在批判讽刺中带着飘逸洒脱。

阿库乌雾与当代很多诗人相比,多了一分历史自觉者的深层思考。阿库乌雾的诗歌少有"枯藤老树昏鸦,小桥流水人家"的意境,缺乏"采菊东篱下,悠然见南山"的悠远淡泊,没有"对酒当歌,人生几何"的慷慨激昂,更没有"江畔何人初见月,江月何年初照人"的宇宙哲思。阿库乌雾的诗歌直视消亡中的文化,以原始形态的生机活力让古老部落文明熠熠生辉。阿库乌雾的诗歌往往选择具有阳刚之气的意象,以期式微的文化重新生机勃发。诗人赞美岩羊的自由及

---

① 阿库乌雾:《阿库乌雾诗歌选》,第30页。

其给民族带来的希望与力量,呼唤先祖如猛虎雄狮的威猛,无论岩羊还是猛虎雄狮都只是一个符号,一个具有象征意义的符号。岩羊与猛虎雄狮象征部落文明的鼎盛,表达诗人建构、振兴式微文化的姿态。阿库乌雾诗歌关于男人女人的描写,极少有"君问归期未有期,巴山夜雨涨秋池"的缠绵悱恻,而是多与猛兽、原野联系起来。阿库乌雾对于民族文化的执着使其诗歌充满张力。阿库乌雾的诗歌没有淡泊无染、超旷空灵,而是充满力量。

> 彝人之妻　你用我
> 彻夜不眠的目光
> 织一件　森林一样
> 深奥的百褶裙
> 再度成为先祖无法命名的
> 飞禽与走兽
> 狂放的乐土
> 　　　　——《裙裾》[①]

在坚守民族文化时,阿库乌雾陷入智者式的深深自省中——逼近灵魂深处,接近民族文化的发源地,辨析急症所在。他发出这样的疑问:

> 是母亲第一口浓浓的乳汁
> 令你脆弱的生命中毒

---

① 阿库乌雾:《阿库乌雾诗歌选》,第43页。

还是瓦板的隙缝射进

第一束阳光

带走了你幼稚的躯体

——《夭亡》[1]

诗人追问,在人类文明向前发展的今天,民族文化的衰竭是源于自身的缺陷,还是在走向世界时被异化。诗人向往神与人结合的时代,那时雨露会唱歌,但是当神与人走向分裂,部落文明开始变异。神话是民族的精神依托,诗歌《海子——献给世界上最澄明的祭坛》清晰地表达了诗人对于民族文化走向式微的这种思考。诗人愿意用哭泣铺就一条回家的路,但这是一个一言难尽的世界,英雄逝去、神话破灭……

在一部衰竭的史诗里

我死命地吮吸最后的残血

那时怎样的残血啊

不是黑色 不是白色

更不是红色

……………………

那是女人跟动物私奔的世界

那是男人被任意放逐

成为兽中之兽的世界

——《记忆》[2]

---

[1] 阿库乌雾:《阿库乌雾诗歌选》,第12页。
[2] 阿库乌雾:《阿库乌雾诗歌选》,第49~50页。

诗人的部落文明已经陷入衰竭，诗人面对的是一个男人遭遇驱逐成为兽中之兽的世界。诗人膜拜的祖先也已经从神圣殿堂跌入世俗世界。

> 毕摩的语言从录音机内传出
> 经文被电话破译
> 神话成为圆雕
> ——《封冻》①

阿库乌雾找寻、呼唤失落的部落文明，挖掘古代文明的原始生命力。但是在找寻过程中，诗人发现的是伤痕累累。逝者如斯，祖先神灵的衰败、英雄的消散、现代文明对部落文明的侵蚀……生态人文的异化，诗人的建构任重而道远。诗歌在上下求索时，在揭示民族文化异化时，不免抹上一层悲壮的美学色彩。这种悲壮美是诗人为实现其民族文化拯救理想的折射。诗歌是诗人作为历史延续者的悲情歌唱。诗人这种对于民族深沉的、锲而不舍的爱，与千百年来的仁人志士一脉相承。"穷年忧黎元，叹息肠内热""路漫漫其修远兮，吾将上下而求索""寄意寒星荃不察，我以我血荐轩辕"是中国士大夫对于人生价值理想的追求。作为中华文化中的一员，阿库乌雾同样有这样的人生追求。来自彝族的阿库乌雾，将这种人生理想转换为对民族文化的重建、振兴。征途漫漫，无数险关等在前方。阿库乌雾的诗歌正是由于蕴含这样深刻的历史文化内涵而显得益发沉重，透出悲壮情怀。

---

① 阿库乌雾：《阿库乌雾诗歌选》，第81页。

第二节 对"现代"的拒绝

阿库乌雾的诗歌一方面有着坚守民族文化的悲壮感；另一方面也有着面对现实的荒诞美。诗歌给读者展示了古老部落文化变异式微，生命力由强盛转为衰竭，心灵不再纯美的景象。古老文明没有悠远淡雅的牧歌情调，古老文明呈现混沌的形态。

对传统诗歌意象的解构，是诗人文化认同的表征。"阳光"在很多诗歌中都是灿烂光明美好的意象。但是，在阿库乌雾的诗歌中，阳光被赋予另一种含义。阳光不是给予生命、光明，而是与阴暗、戕害联系在一起。诗歌里的阳光代表了别样话语。诗歌《灵犀》中，"天空不就是太阳的木屋么/阳光在朽木上生辉的日子/一个民族纯然如泉的情欲"，这里，阳光成为一个刽子手，斩断一个民族延续生命的情欲，阻断民族文化的延续。阳光成为一个反面性象征的存在，成为一个符号，一个给予诗人爱恨情仇的符号。诗歌以解构的形式书写阳光，给予诗歌荒诞美的色彩。诗人在诗歌里描绘了一个荒诞的世界：刚出生的婴儿被阳光带走生命；祖先神灵与鬼怪不再有圣洁与污浊之分，成为一个怪异混血物；曾经凶猛的禽兽已经瘫软，却吸食掉被混血的先祖。古老部落文明遭遇异化，人们形骸俱释，成为荒原上绽放的恶之花。宗教被切割成碎片，欲望怒放。现代文明召唤古文明，人们饮鸩止渴般被召唤同化。

> 诞生你的山寨　眼泪
> 像春天的翅膀护送
> 你远走　却
> 没有丝丝缕缕的
> 鸟语与花香
> ——《夭亡》①

诗人离开家乡找寻山外的世界。他来到都市,

> 如今猎人去了都市
> 都市里猎物成群结队丰肥无比
> ——《毕摩》②

诗人来到城市,以他者的眼光审视现代都市。"城市,猫和鼠的野合图!"③ 现代都市在诗人眼里成了一个荒诞恐怖的荒原,一个欲望横流的沼泽。诗人在《乌鸦》里,将自己在城市里的边缘心态揭示得一览无遗:"于是我作为一面被撕裂的旗帜/作为一座老去的寨子/位于城市的中心。"④ "被撕裂的旗帜"是阿库乌雾分裂性身份意识的象征,文化认同与生命栖息地的对抗,让他感受"分裂"之苦,城市对于诗人来说是被遗弃的圈厩。诗人成为抵御"城市"的斗士。"狂欲与怒涛肉搏/四肢宛然忧伤的云朵/与魁梧强悍之躯同

---

① 阿库乌雾:《阿库乌雾诗歌选》,四川民族出版社,2004,第12页。
② 阿库乌雾:《阿库乌雾诗歌选》,第69页。
③ 阿库乌雾:《混血时代》,作家出版社,2015,第98页。
④ 阿库乌雾:《阿库乌雾诗歌选》,第23页。

构悲剧的历史。"(《寒夜》)现代都市喧嚣繁华的背面是欲望的暗流,是无生命物的繁衍。在这样一个荒原,诗人自己也成为受困之物,被围困于电网、磁网、信息网、情网、魂灵网,都市人同样遭受异化之命运。《街谱》中街市成为裸街,弥漫血与脓、淫笑、呻吟、歌潮、恸哭。诗人在叙述城市时,对于城市常用第二人称,体现他者的视角、边缘的心态。当描述城市是智慧的坟墓时,诗人以一种飘逸的姿态写道:"那时诗人早已离开你们。"(《春雨》)都市里萎靡不振的男人只能靠金钱支撑仅存的尊严,女人成为雀斑、蝴蝶斑、妊娠斑、黄褐斑的载体,街道是黑蚂蚁的弃骨,欲火让少女失去贞操,情爱是可以买卖的物质,美艳绝伦的异性是科技产品,天真童稚的小孩是无性繁殖产品,昆虫由巨大萎缩为微小,烈性动物变为温驯……这就是都市文明。《犬吠》中,城市娼妓的呻吟、人工嫁接的果子、无所事事的流浪狗、贫瘠的土地等建构了诗人脚下裸露的大地。诗人为读者描绘出一个荒诞怪异的世界,这个世界群魔乱舞,没有真诚、善良、美好。诗人想飞离,但是翅膀却折断于摩天大楼之间。诗人波德莱尔的《恶之花》中也有一种荒原意识。波德莱尔对于身边世界的荒谬怪诞,以讽刺的语调将人描绘为荒原上绽放的恶之花。波德莱尔对现代文明的描写主要基于个体对现实人生的感受。而阿库乌雾在描绘荒原上绽放的恶之花时,更多了一分沉重,少了波德莱尔的潇洒。阿库乌雾在感受都市文化的荒谬时更具有批判的自觉,在批判中解构,在解构中重建。

第三节　彷徨于无地

人类普遍有祖先崇拜、英雄崇拜情结。阿库乌雾不仅有，而且更深刻。他深情呼唤英雄的回归，赞美祖先旺盛的生命力，歌颂古老的民族文化。他像屈原一样上下求索，像屈原一样"招魂"。阿库乌雾怀着对家乡无限的爱，返乡找寻纯朴、厚蕴的民族文化，却发现那里已经荒芜失落。他以诗人的眼光看待栖息之所，以彝人的身份体验现代城市文明，以他者的眼光审视现代文明。在这样的多重视野下，阿库乌雾的诗歌创作以荒诞美概括现代科技文明塑造的城市，呈现世纪末情绪，他的诗歌进而表达出一种悲凉的美学风格。

诗人回到家乡，希望在那找寻精神的家园，但消逝的传统、荒诞的现代，让诗人成为彷徨于无地的"影子"。诗人的无归属感，让其生命感受异化为"寄生虫""暗疾"，对文化的坚守，让诗人有"家"难归，进而使其诗歌美学风格在悲壮美、荒诞美之外，又多了一种悲凉美。

诗人"是在雷电劈开葫芦的夜晚"，孤独地离开自己的家乡的。诗人在经历长期的流浪，与民族文化长期隔离后，发觉自己已经异化变形。"久久的漂泊以后／你们在大海多情的眼里／发现自己弯曲的倒影。"家乡的锅庄石已经变形，到处鬼火丛丛，杜鹃啼鸣。由于现代文明的入侵，家乡已经被异化。诗人成为一个有家难归的孤儿，只能四处流浪。

世界　不再圆满

我　有家难归
——《重游》①

经历了"狂欲难止的年代",真正的母体不再有孕育的功能,大泽距离现代人越发遥远。"大泽"在诗人的描绘里是原始文明的发源地。大泽远去,民族文化的重建艰难且道路多阻。"狂欲难止的年代,必须懂得与藻类交媾,并习得攀附而生的本领。那时,真正的母体不再有孕育的功能,大泽日趋遥远,日渐模糊!……"②《落雷》里,彝地那些欲成精灵的草木人虫,被落雷摧毁,成为满足金钱欲、性欲的交换物。《木品》以木制法器为描写对象,表达文化之间的间隔"……你怎么能承受这金属刺骨的寒气与异种语言沉重的负荷呢!"③

"我长期生存在文化的冲突与夹层之中,我渴望澄清我内心的郁结与精神的絮语,让与生俱来的苦闷绽放为阳光下艳丽迷人的花朵,装点城市的早春。然而,我却天天成为这个城市的胎记,成为永恒的刺青……"(《钟摆》)④诗人陷入了两难的境地:欲回家园,却有家难归;欲栖息于城市,却面临被异化的可能。诗人穿梭于家园、城市,犹如行走于荒原。诗人成为荒原上孤独的歌者,歌声在荒原上空回响,最后飘散消逝。

阿库乌雾在当代诗坛有独特的地位,他是试图建构民族

---

① 阿库乌雾:《阿库乌雾诗歌选》,第20页。
② 阿库乌雾:《阿库乌雾诗歌选》,第165页。
③ 阿库乌雾:《阿库乌雾诗歌选》,第197页。
④ 阿库乌雾:《混血时代》,作家出版社,2015,第166页。

文化的智性诗人，具有强烈的忧患意识。他的诗歌情感强烈，犹如屈原的诗歌一样具有浪漫色彩。诗人的情感在诗歌中常常一泻千里，直接表达诗人的爱憎。这也使得其诗歌气势恢宏、思想深刻、情感炽热。诗人以悲壮的情怀直面民族文化的衰竭，写出对往昔的感怀。诗人的精神家园已经被现代性异化瓦解。现代、传统，对于诗人而言犹如荒原，他的诗歌因而充满一种悲凉的美学风格，也显示出一位具有文化自觉意识的民族作家的忧患意识和哲学思索。阿库乌雾诗歌创作以后现代的解构手法表达对现代性的拒斥，以饱满的主体性人格召唤远古部落文明，这可称为"反现代的现代性写作"。

第四章

照亮历史深处的瑰丽之光

——《布隆德誓言》的女性叙事

四川作家亮炯·朗萨,又名蒋秀英,甘孜州人。她1983年毕业于西南民族学院(现在的西南民族大学),1984年开始发表作品,著有长篇小说《情祭桑德尔》、《寻找康巴汉子》和《布隆德誓言》等。《布隆德誓言》是亮炯·朗萨写的一部具有女性意识的家族题材小说。小说讲述一个古老大家族从远古的"白狼部落"发展成为康巴地区大土司——翁扎家族的故事。小说围绕翁扎家族后裔翁扎·郎吉由贵族少爷成长为康巴起义首领桑佩·坚赞的经历,展现了一批光彩夺目的女性形象。小说写出了农奴社会等级制度的冰冷森严,但这批女性以独有的人性之光,以勃勃的生命力温暖了冰冷的历史河流。

第一节 别样的地理空间

"布隆德"的藏文含义是山水美妙的地方。小说浓墨重彩地铺陈了布隆德山水的绚丽、神秘之美,将读者带入一个美轮美奂的世界。这里是没有被现代工业污染的人间乐土,自然万物和谐共存。

小说以工笔的手法细致绵密地呈现美丽的布隆德。如对巴戈拉山谷的描写:"这条悠长悠长的山谷,完全是一派风光妖娆的神仙世界,也是一个多姿多彩的高原植物乐园,山头上是高山针叶林带,山下依次就是高大繁茂的各类花木,银叶杜鹃丛,大叶杜鹃丛林以下就是秀丽莓,随着海拔的不同,植物的分布就逐渐变化,到了山谷周围,野丁香丛,栎树林,野牡丹,忍冬树,羊耳菊,斑鸠菊,山梅花,大片大片的黄色花朵正开得灿灿烂烂的金露梅林,还有红艳似火、满树红叶的铃铛树,雀梅藤,常春藤,金银花丛,高山柳,等等。谷中有一条碧绿清澈的蜿蜒河流,河两岸开阔的草甸上是东一笼、西一片的圆圆的低矮却繁茂的灌木,到处都是紫色、金黄、蓝色、粉白色的花丛,就像神话里的乐园一样美丽又充满了情趣。"① 这是萨都措向桑佩·坚赞表白爱情的地方,自然界的勃勃生机寓意着主人公感情的激荡起伏。

布隆德山山水水孕育着很多神奇的传说,彰显出对神的敬畏。这些传说寄予着人们对真、善、美的追求。

翁扎·阿伦杰布遇害以后,他的妻子泽尕带着年幼的儿子翁扎·郎吉逃难。他们遇到了热心的牧户白姆一家,暂时安居下来,修养身心。此地有一个湖叫白姆措,传说此湖有佛光环绕,且伴有好听的乐声,只有心善之人才能听到。白姆措湖旁边的雪山被视为神山。山上有一个神奇的山洞,里

---

① 亮炯·朗萨:《布隆德誓言》,外文出版社,2006,第66~67页。

面不仅藏有稀世珍宝，更有格萨尔王惩恶扬善的宝剑。一群贪婪之徒妄想将洞中宝物据为己有，却遭遇雪崩被封死在山洞里。人们相信雪崩是山神对邪恶、贪婪之徒的惩罚。神山关于珍宝、宝剑的传说，表达出人们对格萨尔王的崇敬，对贪婪的鄙夷。巴戈拉山谷的铃铛树比其他地方的更红艳。而这红艳之色是一只有灵性的红鹿用自己的鲜血染成的。一个贪婪的牧主对红鹿的鹿角起了贪念。红鹿为了不让鹿角落入牧主之手，将鹿角撞在岩石上，用生命拒绝了牧主的贪念。小说关于神鹿洞的传说一方面反映了藏族人民对灵性动物的尊敬、喜爱，另一方面也表达了人们对那位贪婪牧主的谴责。同样，关于每年藏历七月沐浴节与檀香的传说，也是谴责贪婪，褒扬无私奉献精神的。察菩绒谷的温泉本有三棵香浓的檀香树，但是一个贪婪的牧主欲将三棵檀香树据为己有。此举震怒了上天，发大水冲走了倒下的檀香树，但留下了树桩藏于水底，历久弥香。沐浴节是为了纪念富有牺牲精神的弥拉医生。布隆德的山川是上天赐予的"大教堂"，置身其间的人们能感受到"真""善""美"的召唤。农奴森格受到土司的残酷压迫，不得已当了土匪，但他最后被布隆德的山川感召，放下屠刀，出家修行，广积善缘。

一方山水养一方人，布隆德孕育了勤劳善良的高原儿女。亮炯·朗萨让笔下的人物闪耀出人性之光，让人性之美与山水之美相得益彰，谱写了一曲人间天堂的华美乐章。布隆德的阳光也是勤劳的，"耶柯草原上的太阳是不睡懒觉的，早早地就把金色的光亮撒在草滩和沟谷里，牛羊沐浴在金色的柔光里,各种花卉含着露珠灿烂地开怀绽放着"。① 人们以自己的善行实践着孟子的美好理想:"老吾老以及人之老;幼吾幼以及人之幼。天下可运于掌。"

第二节 熠熠生辉的女性群体像

小说中的女性魅力不仅源于貌美如花,更源于其强大的内心世界。她们是自己的主人。布隆德女性不受传统文化"三从四德"的束缚。小说中的女性在自己的人生道路上扮演着不同的角色,无论是作为母亲还是恋人或其他身份,她们皆是自己的主宰。

从母与子的关系来看,《布隆德誓言》中女性对男性的人生道路具有重要影响。

女性是男性人生道路的指引者,母亲是儿子人生的导演。泽尕在丈夫翁扎·阿伦杰布遇害以后,面对继任土司翁扎·多吉旺登的威逼利诱,不为所动,拒绝其求爱,带着幼小的儿子翁扎·郎吉开始了逃难生活。泽尕虽然死在逃难途中,但是她的人生没有怨天尤人的悲楚。在逃难中,泽尕教会儿子坚强、勇敢地面对世界。她为儿子翁扎·郎吉立下了报仇雪恨的"布隆德誓言"——要夺回土司之位,成为真正的翁扎·郎吉。翁扎·郎吉按照母亲的意愿成长为坚毅、勇敢的高原英雄。

再从婚姻中的两性关系来看女性地位。在夫妻关系上,

---

① 亮炯·朗萨:《布隆德誓言》,第 66~67、138 页。

《布隆德誓言》中的女性更有现代女性的尊严。这在藏族史诗《格萨尔王传》中已有显现。在史诗中，格萨尔王与王妃们多为伴侣加同志的关系。格萨尔王有十多位王妃。王妃们不仅是格萨尔王生活中的伴侣，也是他事业上的好帮手。格萨尔王降伏人间恶魔的很多次战斗，都离不开女性的帮助。如格萨尔王去降服黑魔时，黑魔的亲妹妹阿达娜姆送上戒指助其获胜。之后，阿达娜姆成为一名女英雄，一直是格萨尔王降伏恶魔的好帮手，也是他的好伴侣。

丝琅，土司翁扎·多吉旺登之妻，与丈夫保持着平等互敬的关系。她美丽善良，掌握家里的财政大权。她腰上挂着一大串钥匙，随着走动发出好听的声音，这也显示出她掌管的财富之巨。丝琅是土司家的阳光，她在的地方便充满了欢声笑语，她所到之处都受到人们发自内心的喜爱与崇敬。阿依尕，康南大头人扎西旺久之妻，是一位精明的女性。当丈夫虔诚于宗教而无心家业的发展时，阿依尕以柔弱的双肩支撑起整个家族。阿依尕如《红楼梦》中聪慧又泼辣的王熙凤，正是因为她，扎西旺久家族才得以继续兴旺。

女性主体意识的显著特征之一在于女性是自己人生道路的设计师。从女性与自我人生道路的关系角度来看，具有主体意识的女性会自主设计人生道路，成为自己人生蓝图的设计者。

婚姻与事业、爱情与亲情，是女性人生道路上常面临的抉择。《布隆德誓言》中的女性具有强烈的主体意识。女性张扬的主体意识，呈现为对爱情的主动抉择。格萨尔王的王妃阿达娜姆在亲情与爱情之间毫不犹豫地选择了爱情。藏族女性在爱情中的选择随着历史的演变也发生着不自觉的变化。《布隆德誓言》的女性面对亲情与爱情之选择时，亲情不再理所当然地让位于爱情。萨都措、沃措玛虽然生长在富贵之家，但是土司家的碉楼并没有封闭她们的世界。她们策马驰骋在草原上，与各种人打交道，骑马、爬树无所不能。沃措玛看似文弱，实则很有主见，具有叛逆精神。萨都措热情奔放，沉着勇猛。小小年纪，沃措玛可以为救心爱的马越窗跳楼。萨都措更是果敢有谋。就连土司翁扎·多吉旺登敬重的大头人降泽，她也不放在眼里，照样责骂。在知道恶少贡布与一群纨绔子弟轮奸了农奴之女尕尕后，萨都措设计使贡布在磨房裸奔，让一群妇女调戏他，为尕尕报仇。

待花季绽放之时，两姐妹同时爱上了桑佩·坚赞。萨都措拒绝众多显赫家族的求婚。管家丹真一直深爱着她，但不能走进她心里。他在萨都措眼里始终是仆人。她是一个果敢痴情的女子，她的爱不是被动接纳，而是勇敢追求。贵族少爷翁扎·郎吉落难之后，成长为马帮娃桑佩·坚赞。坚赞卑微的马帮娃身份丝毫不能阻止萨都措的爱恋。即使后来发现坚赞是她的杀父仇人，萨都措对爱情的主动性也没有减弱。当得知深爱之人爱恋的对象是亲妹妹沃措玛时，她深深的爱化为极端的恨。她用鞭子抽打坚赞，冷漠对待妹妹沃措玛。爱与恨都高度体现了萨都措的自主性。她发下毒誓，要亲手毁灭所爱之人。当坚赞与父亲皆葬身火海时，她的爱与恨凝固为壮美、永恒。"逆光站在草地上的她，突然慢慢举起了双手，举过头，合掌于额头、胸前，然后匍匐在地行了个等身长头大礼，起身后，就一动不动地站着，她仰望着，美丽的面庞充满了憔悴、困乏,美丽双眸虚空的视线被凝固在那漆黑的房洞上很久很久,娉婷修长的身影,披泻的细密长发辫,优雅美丽的轮廓,在霞光里与辉煌的烧毁的大楼一道映出一幕壮丽却无限悲烈的动人的画面……"① 萨都措自此开始了漫长的人生忏悔之路。她放弃了权力富贵,陪伴她的只有转经筒和念珠。沃措玛与母亲丝琅一样,美丽善良,但沃措玛具有母亲所没有的叛逆精神。因为善良,沃措玛宁可伤害自己也不愿伤害他人。她在爱情、亲情不能两全之时,放弃爱情,孤独生活在土司官寨里。但善良不等于软弱,为掌握自己的人生道路,沃措玛以自己的智慧,在不伤害家族利益的前提下解除了与恶少贡布的婚约,勇敢地走上了一条新的人生之路。后来她再次与深爱之人坚赞相遇,在外公的祝福中走进了幸福的婚姻殿堂。沃措玛彰显了高原女儿善良、智慧、勇敢的优秀品质。她是藏族优秀女性的代表。

在亮炯·朗萨的笔下,女性的主体意识不仅体现在以上的人伦社会关系之中,还体现在她们强健的生命力与张扬恣肆的女性美上。

小说中有一段关于"天浴女"的描写,传达出人们对于天赐女性之美丽的欣赏。一个女子裸露上半身在河边洗澡,被商队的马帮娃们无意间看到。女子健康优美的体态,恰似西方油画中的圣女。她坐在水边的大石头上,湿漉漉的长发披散开来遮住整个脸庞,从背后远远望去,她优美的身段越发迷人。马帮娃们欣赏着美人的身姿,却没有人上前去惊扰

---

① 亮炯·朗萨:《布隆德誓言》,第363页。

她。这也反映了一种美好健康的民风民俗。小说对另一个女子松吉措的描写也同样充满着健康的自然之美。松吉措勤劳节俭，她代表着勤劳、善良的藏族妇女。她有着优雅从容的外表与天籁般的歌喉。松吉措是大自然之女，其美有种天人合一的和谐。松吉措是聪本的情人。两人都拥有天籁般的歌喉。松吉措总是以优美动听的歌唱迎接情人聪本的到来。她的歌唱对颠沛劳累的马帮娃们是最温馨的慰藉。小说中舞者益西措姆则代表了健康的性感美。益西措姆是流浪艺人之女，翁扎·多吉旺登的亲妹妹。地位卑微的她没有华丽的服饰，但小说从她娉婷的身段写出了她的动人娇俏、妩媚性感。藏族女性更是将这种美丽融入舞蹈。益西措姆美妙的舞姿动人心魄，"那种来自心灵深处的悲怀随着舞蹈，随着激越的鼓点变成了一种融于天宇和大地、高山的悲怆，形成一个很大的气场，扣人心弦，荡气回肠，山川也为之动容，这已经不是一个少女在为舞而舞，这出神入化的场景完全就是草原、蓝天、高山、湖泊、森林的舞蹈，是精灵之舞，是美妙绝伦与天宇共鸣的神之舞……"[1]

布隆德这群生机勃勃的女性以艳丽的服饰彰显其美。柔弱娇美沉静如湖泊的沃措玛散发出仙子一样的光芒，具有沉静之美。高傲、冷峻的萨都措则在爱恨两重天的世界里显示出悲壮之美。两人皆是天生丽质，其美炫目。她们是贵族女性，华丽服饰更衬出她们的绝代风华。姐妹俩每一次出场皆闪着耀眼的光芒，华美的衣料、精致的刺绣、红珊瑚

---

[1] 亮炯·朗萨：《布隆德誓言》，第 108 页。

与绿松石等更令她们美得摄人心魄。坚赞的舅母阿依尕是一个来自金沙江下游世袭头人家庭的康南美女。丈夫扎西旺久虔诚于宗教而无心家业,将家业全权交给阿依尕打理。阿依尕气质高傲、泼辣,衣着打扮无处不用心。阿依尕的辫子与众不同,左边一百四十根小辫,右边九十根,还会装饰成不同的样式。阿依尕的首饰昂贵,但不会全部戴在身上,而是与衣服搭配,沉稳而活泼、素净而艳丽。除了服饰,《布隆德誓言》中的女性之美也是一道赏心悦目的风景。例如坚赞之母泽尕,即使悲哀也显示出一种神秘魅力,"泽尕的悲哀像草原漫长的隆冬,一直沉浸在悲伤里的她,像勒乌措湖深深的沉静,她美丽面庞上悲哀的阴恺,像静美的湖上飘浮的雾霭,使她看上去更有了一种炫目的神秘魅力……"[①]

亮炯·朗萨笔下的女性来自各个阶层,无论贵族还是贫民,都绽放耀眼的光芒。她们既拥有美丽的容颜,也具备主体意识。亮炯·朗萨以一群具有鲜活生命力与主体意识的女性形象照亮了布隆德那段暗沉的历史,也为当代文学人物画廊带来一片瑰丽的色彩。

第三节 女性主体性

以现代女性主体意识视野来观照历史中的女性群体,《布隆德誓言》的女性叙事是地方文化对当代主流女性文化的接受性表现。

---

① 亮炯·朗萨:《布隆德誓言》,第 123 页。

张扬女性主体意识的写作,在五四新文学诞生后的第一个十年,出现了第一个高潮;继而便是改革开放之后20世纪80年代出现的第二个高潮。女性解放,经历了五四青春文学的激情和迷茫,到革命战争年代中民族国家视野对女性个体生命关注的遮蔽,再到20世纪新时期文学兴起的人道主义思潮中"女性意识的崛起"。纵观近百年中国女性文学,具有女性主体意识的文学创作其实是非常有限的。

传统女性在儒家"三从四德"的熏陶之下,在强大的社会压力之中,人生道路总是被迫沿着男性指引的方向前进。即使到了近代,在西方自由民主思想涌入中国之际,较多的女性还是没有摆脱因袭的负担,从涉及女性生命状态的文学作品中可以见证女性解放的艰难历程。庐隐的《海滨故人》中,一群接受新式教育的女性在少女时期曾经满怀理想,但婚姻却将她们全部纳入传统既定轨道;丁玲的《在霞村的日子》中,从贞贞被亲人和乡邻们鄙视的悲剧中,可以看出传统男权文化在民间根深蒂固。男性作家也多在新旧文化视野中揭示女性生存的不易。鲁迅的《伤逝》更是深刻指出离家之后的"新女性"不是死亡便是堕落的可悲结局。曹禺的《雷雨》中,繁漪虽然为五四新女性,但是抵抗不住家庭压力,被迫嫁给老男人为妻,繁漪在无爱的婚姻枷锁里挣扎直至疯狂,以自残的方式了此残生。巴金《家》中的丫鬟鸣凤为躲避做妾的命运投湖自杀,以生命的终结抵抗不公的命运。在这些作品中,女性反抗男权社会或者以悲剧为人生的收场,或者以生命为代价。

而亮炯·朗萨笔下的女性显示出独有的精神气质。《布隆德誓言》中的女性叙事继续了五四对"人"的追求,延续了20世纪80年代对女性自我的张扬。亮炯·朗萨塑造的这批女性以充沛饱满的生命力、强烈的自主意识丰富了中国现代文学女性叙事的人物画廊。在民族文化的熏陶之下,她们脚步稳健有力,身材挺拔有型,有开阔的视野、独立的主张。她们对人生的设计,对女性美的炫耀,都有别于"难以冲出藩篱"的他者类型。这群身心健康的藏族女性既有五四对于"人"的追求,又有多元文化中现代女性的自由。她们阳光灿烂,本着内心的指引选择自己的人生。

《布隆德誓言》的创作意义还在于走出了当代文坛女性"私小说"的误区。

作为女性作家,亮炯·朗萨的创作没有陷入当代女性文学"向内"的幽闭世界,走入狭窄的"黑暗"场域;也没有将女性身体作为商品展览的"符号",坠入末途的"下半身"写作。《布隆德誓言》中的女性美丽炫目,貌若天仙,但她们没有沦为"物欲"的奴隶,也没有成为爱情的俘虏。《布隆德誓言》是女性的世界。这些熠熠闪耀的女性,其魅力不仅在于美丽的容颜、华丽的服饰,更在于其坚强的意志力、丰富的情感世界。她们走在自己选择的人生之路上。

《布隆德誓言》的女性叙事以其乌托邦式的描写为我们展示了女性解放的希望之光。

但是我们也不能回避这样一个问题,亮炯·朗萨书写的历史是真实历史还是观念历史?亮炯·朗萨笔下光彩照人的女性形象,虽有历史的真实性,但这种真实性是有限度的,并不能朗照藏族女性的历史天空。在农奴制的社会形态中,大多数藏族女性还处于社会底层，艰难求生难以孕育出自信夺目的美。抛开社会学视野，从性别文化角度来看，即使处于社会上层的贵族女性也在很大程度上依附男性而生，难以有真正独立的自我。我们从当代美术作品中可以发现老一代藏族女性的腰多是微微弯着的，这是长期的卑微姿态所形成的身体语言。所以，《布隆德誓言》中的女性生命状态更具有观念性，是观念历史中的一部分。写历史，其实在很大程度上是为言说现实。亮炯·朗萨在历史中建构的这样一群理想女性形象，是作家自身对女性理想生命状态的折射，是以现代女性主体意识对历史人物的形塑。

第五章

穿透岁月的眼睛

——康若文琴诗歌研究

藏族女诗人康若文琴的诗歌创作从 20 世纪 80 年代直到当下,主要以康巴地区为表现对象,书写康巴地区的"美"与"哀伤"。诗歌以其特有的话语方式记录了一个藏族女孩从青涩梦幻到从容淡然的生命成长轨迹,从"有我之境"的怅然到"无我之境"的释然。其早期诗歌"灵动"如清浅溪流,"轻愁"如初恋之歌。后期诗歌从对自我在场的关注到对历史的洞见,以"空"的意境表现天地万物,从容练达;诗歌以充满现代哲思的理性精神审视生命体验与历史文化,追寻生命终极意义。

第一节 康巴情歌

藏族女诗人康若文琴的诗歌书写康巴地区的美丽与哀愁。她为康巴的深情吟唱,其诗歌极富韵味,"晨光中的马尔康/挽着河床自在地伸展腰身/婀娜却不妩媚"。[①] 她描写马尔康的

---

① 康若文琴:《马尔康 马尔康》,中国文联出版社,2015,第 12 页。

季节转换,"山一下老去/只因满山的青丝枯了/梭磨河匆匆流走/只因河床一夜失去记忆/很多时候不知自己流向何方"。①诗歌意象小到一草一木,大到山河湖海,如《一株草》里那种随处可见的平凡小草,《咳嗽的树叶》中那纷扬飘落的树叶,《阿嬷德家的黑子》中那伴随主人老去的看家狗黑子,《沉睡的星光》中"梭磨河没有干枯的记忆/只有过瘦或肥的体会/星光是她项上的宝石/即便沉睡/依然熠熠生辉"。②

与中国传统诗歌"言外之意""弦外之音"呈现的水墨画意境不同,康若文琴诗歌的神韵显示为充满"动感美"的现代工笔画。她善于用动词,将不可触摸的抽象情感予以动态描写,充满"动态的美",例如,

河床的缄默剪不断河水的漂泊
红叶一路碰撞岸的心事
温暖的流云大片大片落下
点燃了初冬的眼睛③

诗歌运用"剪""碰撞""点燃"等动词,将季节变化写得生动可感。再如,诗歌《感念如水》中,"星星抓不住晚霞的手/晨曦跨不过银河的路/……/河水淌过时光/……/晨风传送月亮夜夜的吟唱",④"抓""跨""淌"等动词将

---

① 康若文琴:《康若文琴的诗》,四川文艺出版社,2013,第101页。
② 康若文琴:《马尔康 马尔康》,第139页。
③ 康若文琴:《康若文琴的诗》,第97页。
④ 康若文琴:《康若文琴的诗》,第76页。

"思念的无奈"和"时光如水"书写得生动形象。这种动态美的诗歌表达让人联想到藏人载歌载舞的情感表达方式,快乐动感。

诗歌写出康巴地区马尔康人与自然的和谐。高原缩短了天空与大地的距离,让人与自然的交流具有无限的可能。"记忆挤满茸岗甘洽/走在山梁,一抬头会撞落星星/月亮依偎着碉楼。"①

乡村与城市是当代文学表现的主要对象之一,康若文琴诗歌亦是如此。高原人与自然的和谐,在时代大潮中被破坏,乡村文明在汹涌而来的城市文明挤压下逐渐式微,亲情被疏离,环境遭遇破坏,人性被异化。在《城市上空的风》中,城市在沦陷、放纵,如同魔兽让来往的旅人受伤。在《荞麦花》中,荞麦花从乡村来到城市,为金钱丢失母子关系与健康的生命。在《马尔康城里的阿苾》里,高悬在屋檐的农具昭示土地的荒芜,暗示乡村文明的式微。恩爱夫妻分别处在乡村与城市两个不同的空间,阿吾留守老家乡村,阿苾进城照顾儿孙。城市的五光十色里没有牦牛的眼睛,乡村与城市是不能相融的两种文明。在《行走的桃树》里,那离乡的桃树,走得昂然从容,但是被桃树遗忘的记忆却是"我们所关心的","在老麦乡的故乡,这个春天,这一时刻,/所有的桃树业已姹紫嫣红"。② 大自然的美丽被城市里的桃树遗忘,诗歌以"行走的桃树"为意象,暗喻乡村向城市的涌入,以及

---

① 康若文琴:《马尔康 马尔康》,第7页。
② 康若文琴:《马尔康 马尔康》,第100页。

城市文明对乡村文明的侵蚀。

思乡，永远是现代人心底那不能丢弃的情愫。康若文琴诗歌里充盈着故乡的味道，例如在《春天的盛典》里追忆牵引牦牛看风吹云朵的惬意，阿苾和阿吾念诵着佛经去赶赴春天的盛典。《夯土谣》里修建新房时唱歌的快乐。在故乡，充满诗意的日常生活随处可见，"羊群踩裂云朵寒风四溅/羊皮鼓击碎石楼顶寂寞的炊烟/河流与生活的距离被烈日拉长/而你住在雁门峡谷/小院内苹果树打着哈欠/玉米棒躺在屋檐下/沟边的沙砾也被你打造成一段段梦"（《一米跋涉》）。[1] 如果说羊群、云朵、羊皮鼓这些意象在民族文学里是诗意的主要表现对象，那么"沙砾"这种平常甚至粗糙的事物是不能入很多诗人眼的，但是康若文琴却赋予"沙砾"以诗意，它亦能如小花一般编织"一段段梦"。对日常生活诗意的捕捉表现出诗人诗意的心，正如看山看水在于看山看水之人的心情，而这种对日常生活诗意的捕捉的深层原因在于诗人对故乡的热爱。诗人不可抑制地思念故乡，"我想回到故乡的碉楼前/边喝哑酒/边看满坡跳舞的麦子"。[2] 乡村以其温馨、宁静、诗意，反衬了城市的喧嚣繁华、五光十色。追根溯源，这其中不仅有人类根深蒂固的故乡情怀，还有传统文化审美的积淀，更有生态失衡导致的现代人对传统乡村的审美缅怀。

在康若文琴的诗歌中，历史与当下对话，充满快乐与忧伤。当面对历史时，康若文琴的诗歌过滤掉悲伤苦难，语句

---

[1] 康若文琴：《康若文琴的诗》，第99页。
[2] 康若文琴：《马尔康 马尔康》，第84页。

或铿锵或快乐或宁静。《松岗碉楼》里,银匠锻造银饰的劳作,是快乐的,是带着笑声的,如同与月光对话,置身天堂。《银匠》中,银匠不是在劳作,而是在锻打月光。银匠在叮当作响的劳动与荡漾的青稞酒中感到快乐且满足。面对时间流逝,康若文琴的诗歌充满哀伤,现实如荒原,历史在来来往往中孤独瞭望。《箭台》中历史在时光中的孤独无奈:"谁来过,谁去过/……/箭台站在群山之巅/孤独的,瞭望云朵深处。"[1] 正如张若虚《春江花月夜》中望月人的无奈孤寂,面对亘古岁月与短暂生命,诗人只能无奈忧伤。再如,诗人以碉楼为意象书写时光、历史,"还是这碉楼/汉子一样站着的石头的碉楼/在时光里打了一个盹/如今便走进了书本",[2] 几百上千年的历史不过是时光"打了一个盹"。

在一首首康巴情歌的深情吟唱中,诗人书写梭磨河、大山、草原,既有气势磅礴的历史豪情,也有细腻沉寂的儿女情思;既有对刹那情感的呈现、日常生活诗意的捕捉,也有对生命终极意义的追寻。

第二节 踏时光而来的歌吟

康若文琴从 20 世纪 80 年代开始创作,她的诗歌风格从早期(20 世纪八九十年代)的清浅灵动,到后来(21 世纪至今)的理性练达,既有积淀岁月后的"释然",也有生命

---

[1] 康若文琴:《康若文琴的诗》,第 63 页。
[2] 康若文琴:《康若文琴的诗》,第 26 页。

追问后的"哲思",既有拈花一笑的"淡然",也有穿透历史的"寂然"。诗歌仿佛一双穿透岁月的眼睛,看遍世界,也看穿世界,透过生命表象,抵达历史深处。

她早期的诗歌"灵动",充满"轻愁",书写少女青春时光的细腻情怀,例如,"愁如细雨/在山腰处蹑足"(《愁如细雨》),① "秋风中满山的白桦/变成古老的手指/将秋风的丝絮/编织成一件失意的背心"(《秋风的补丁》)。② 诗情自然流露,充满少女的清新之气,例如,《拉伊》中那失眠的夜,《阳光下的雨滴》中等待开放为花的青春,《手心里的无奈》中忐忑疯狂在那星月之夜的时光。少女的清新不单表现为情感的纯粹,还体现为语言的清新自然,例如,《那年的梨花》:

记忆中花瓣成雨
梨花在一个叫往事的山谷怒放
……
你立于浅紫晨曦成一处风景
清瘦的四野中,我看见
每朵梨花开放成你的烘托③

"花瓣"、"晨曦"、"山谷"和"四野"这些诗歌意象构建了一个如梦似幻的少女世界,而置身其中的"你"成为如画风景的主角,也是使诗人满腹愁绪之人。诗歌以浅

---

① 康若文琴:《康若文琴的诗》,第176页。
② 康若文琴:《康若文琴的诗》,第174~175页。
③ 康若文琴:《康若文琴的诗》,第160页。

近的语言呈现如歌似梦的青春。青春易伤怀，女性特有的敏感细腻更是强化着这种"伤怀"。诗人以诗意的眼睛捕捉身边世界的细微变化，例如，淡淡飘过的风、落叶、微雨、绽放在冷霜中的菊花、月色、花香、秋天的云、晨露以及日常里那一抹寂寞与迷茫、恋爱季节里的喜悦悲伤……一抹风、一片落叶、一朵花，都能引起青春期的伤怀，成为康若文琴诗歌的表现对象。康若文琴诗歌以含蓄的笔触写出高原的变化。

> 下雪了
> 牦牛都回家了
> 春风只轻轻一吹
> 阿苾的故事就融化
> 记忆收入了布满皱纹的壁柜
> 打火石一次比一次走得更远
> 风景便翻山越岭
> 高原啜饮着龙井和咖啡
> 也硌痛天空①

高原的"风""牦牛""雪"年年都在，但是每年风景又不相似，"收入了布满皱纹的壁柜"的记忆与"翻山越岭"的风景写出逝去的时光已经不能再回。"高原啜饮着龙井和咖啡"，传统的茶饮被替代了，以饮品的变化写出高原的变化。诗人以"硌痛天空"委婉地写出对时光流逝的悲伤，不单是

---

① 康若文琴：《康若文琴的诗》，第87页。

对"年年岁岁花相似,岁岁年年人不同"的时光流逝之感慨,更是对时代浪潮席卷而来的文化变迁的感慨。

高原在变化,生命感受也在转变,无论是青春还是爱情,"海棠被春天追得无路可逃/一夜就红透了光秃秃的枝头/……怒放的生命没有任何背景"(《春天·海棠》),[1] 生命成长伴随伤痛,当梦幻破碎,伤痛来临,诗歌的唯美、伤感逐渐渗透理性。

> 心瘦如沟
>
> 云朵最知道
>
> 星星抓不住晚霞的手
>
> 晨曦跨不过银河的路
>
> 阳光月华从未相逢过[2]

成长,让青春期的梦幻逐渐褪色。在《说给火镰》中,诗人以冷静的笔调写出爱情的残忍、恋人的相依与背叛,"相遇就是陷阱/火花穷追不舍/却被另一种轻盈替代/再度相遇,陌生迎和/用自己裹紧自己",[3] 以现代理性思考爱情,褪掉浪漫唯美,写出爱情也无法抹掉的孤独。这首诗以理性审视爱情,对爱情真相的揭示,让读者不禁联想到穆旦的《诗八首》对爱情变质、遭遇背叛的揭示。历史长河中的每一段爱情对个体而言都是新颖的。中国古典诗歌在这方面有着

---

[1] 康若文琴:《康若文琴的诗》,第77页。
[2] 康若文琴:《康若文琴的诗》,第76页。
[3] 康若文琴:《马尔康 马尔康》,第77页。

极为丰富的表现,既有"天地合,乃敢与君绝"(汉代《上邪》)的爱情誓言,也有"三岁为妇,靡室劳矣;……言既遂矣,至于暴矣"(《卫风·氓》)的爱情指责。个体生命成长"投射"了人类历史,抑或说历史本是由众多不同却相似的个体生命体验构建而成的。

突破个体狭窄的视野,波澜壮阔的社会历史便如蔚蓝的海洋涌入诗人视线,成为诗人关注的焦点,例如《午后的官寨》《莫斯都岩画》《苍旺土司碉群》《风马》等。《莲宝叶则神山》在历史与现实的对话中,写出千年时光流转:

> 莲宝叶则
> 格萨尔曾在这里拴住太阳下棋
> 兵器一次次从火中抽出
> 让兵砧胆寒
> 时光就隐匿在粼粼的波光里
> 往事鸟一般飞走
> 曾经的金戈铁马凝固成奇峰怪石
> 找心灵的家园
> 或站,或蹲,或卧
> 守护着比花岗石更凝重的历史
> 而今,马蹄声已走远
> 马掌静静地躺在草根与腐骨的深处[①]

金戈铁马的英雄时代消失在历史深处,如果"寂然"成

---

① 康若文琴:《康若文琴的诗》,第80~81页。

为"辉煌"的时光回应，那么对丰功伟业的执着追求有何价值意义？

康若文琴的早期诗歌记载了对生命成长的感悟，这是历史现象之一种，但是历史的丰富性让诗人意识到历史的全貌其实是无法叙述的，例如

<blockquote>
一张嘴，才发现
我已失语多年
喉咙被时光石化
我们已回不到出发的河流
就像繁花失去了含苞的能力①
</blockquote>

穿透事物表象，洞察本质，是生命成长的收获。青春的烂漫天真渐渐被审视取代。四月繁花遍地，春意盎然，但在康若文琴的《写给四月》中，四月却是悲怆的：在找寻历史之际，发现时间无法倒流、历史不能重现，甚至失去表述能力的无奈哀伤。在这首诗歌里，诗人的生命体验不再停留于世间万物的表象。"当心灵跨越所有世纪，使之成为同时代的时候，所有存在同时共处，飞跃时间的深渊，所有事物的共同作用使我们的沉思更深刻，而且给予它们所获得的东西以黯然的颜色、崇高的品性。"②

---

① 康若文琴：《康若文琴的诗》，第 74 页。
② 丹尼尔·莫尔奈：《从卢梭到贝尔纳丹·圣皮埃尔的法国自然情感》（Paris：Hachette，1907；New York 重印本；B·Franklin，1971），第 283 页。转引自〔加拿大〕查尔斯·泰勒《自我的根源——现代认同的形成》，韩震等译，译林出版社，2012，第 502 页。

岁月让诗人拥有了一双洞察人世的眼睛，康若文琴对生命意义的寻找有种从容练达的气质，也有富于哲思的审视。伴随生命体验逐步深化，康若文琴的诗歌颠覆了早期诗歌的美学特点与生命价值观，情感由浪漫感伤转向理智冷静，理性替代感性，呈现现代主义色彩。对生命意义的追问从"执着"转向"放下"，体现了看透岁月的释然。康若文琴的诗既有传统哀而不伤的含蓄，也有现代的哲思，更有穿透时光的释然与豁达。

第三节　形而上的禅思哲理

康若文琴早期诗歌的主要特点之一是对生命、历史真相的执着探寻。"在洞穿千年的巨眼背后/立于浅紫的晨光/古树用皱纹招展不老的风。"（《溟蒙》）①"千年""古树"，写出了诗人对追问时光中生命痕迹的执着。这是对历史的探寻，对理念的坚守。"门洞开/除了尘封已久的光影/谁一头撞来/……/谁来过/又走了"（《寺庙》），②但是生命如浮光掠影，转瞬即逝，她写出了生命来来往往但无迹可寻的无奈。"毛瑟枪冒着青烟/疆域还在，主人和野心呢/……/一抬头就老了的人，浮尘被阳光戳穿。"（《午后的官寨》）③"毛瑟枪"与"疆域"两词写出历史中的刀光剑影和波涛暗涌的权力争夺，但是生

---

① 康若文琴：《康若文琴的诗》，第151页。
② 康若文琴：《马尔康　马尔康》，第3页。
③ 康若文琴：《马尔康　马尔康》，第4页。

命短暂如斯,"一抬头就老了"。"浮尘"的缥缈无迹可寻与阳光的穿透,进一步写出生命的脆弱苍白。既然如此,那些刀光剑影、权力争夺于生命而言,意义何在?诗人没有直接追问,但蕴含在诗歌背后的质疑却跃然纸上。至此,诗人追问历史真相的执着逐渐淡化:

时光一失守

官寨躲进光阴

灯光渐次熄灭

从此,碉楼害上了幻听

颓然站立①

逝者如斯夫,时间如流水不为谁停留,历史中的强者亦是如此,例如,"三十年征战,三千里疆域/拴不住一地月光"(《苍旺土司碉群》)。② 时光短暂,相较于自然的永恒,历史是如此苍白无力,例如《莫斯都岩画》里几千年的无用等待,再如《枯树滩》里时光如烟眨眼便成往昔:

雪从发际丢下

时光的烟蒂

骨肉一天天蜡化

果实般的往事

在指尖跨上缕缕轻烟

---

① 康若文琴:《马尔康 马尔康》,第18页。
② 康若文琴:《马尔康 马尔康》,第21页。

>一眨眼，已成往昔
>
>怀揣蜡像的心事
>却跟主人湮灭
>……
>面目全非，形影相吊①

历史的久远缥缈在现实层面则表现为"生命自身的虚无"。康若文琴后期诗歌隐有禅意，其思想底蕴即洞见、豁达与释然。

对生命意义与历史真相的思考，沉潜在诗歌里，升华为"我是谁"的哲学思索。这从古到今都是困扰人类的一个哲学问题。康若文琴在《风马》中由风马进而思考"我是谁"，"你和风马一起/站在记忆深处/你是它，它是你/独不见我自己/……/我是谁，谁是我"。② 这是现代人与老庄思想的遥相呼应。

"以禅入诗"是中国诗歌传统之一，例如黄庭坚的"诗"与"禅"。③ 康若文琴后期诗歌亦有"以禅入诗"的现象。《捕梦》充满"一花一世界""一叶一如来"的了然与释然，千万年历史长河与天地万物不过是叶尖上露珠的梦而已，写出了生命如梦。诗歌有浪漫的忧伤，也有生命的顿悟。《错过》写出

---

① 康若文琴：《马尔康 马尔康》，第 25 页。
② 康若文琴：《马尔康 马尔康》，第 67 页。
③ 周裕锴：《梦幻与真如——苏黄的禅悦倾向及其与诗歌意象之关系》，《文学遗产》2001 年第 3 期；蒋振华：《以宗教为切入点的新世纪中国古代文学研究——基于问题、现象与方法的思考》，《文学评论》2008 年第 1 期。

了生命里的"错过"其实都不是"错过",正因为有"错过"才会有生命的"巧遇",豁达地面对生命中的一切得失,才会有"放下"与"释然"。

康若文琴对康巴地区的景物书写与历史沉思从早期的"有我之境"转换为"无我之境"。诗歌弥漫沉静了然的禅思,"花开一朵,谢一朵/……/头帕像夜一样睡去/盛落之间,用去一生时光",(《花头帕》)① 写出生命短暂如花开花谢。"三十年征战,三千里疆域/拴不住一地月光"(《苍旺土司碉群》),② 写出英雄对时光流逝的无奈。既然万物皆空,那么画地为牢的生命挣扎有什么意义呢?这如同在琥珀里养鱼。"品一口琥珀色的记忆/往事就和你絮叨/……/把人关在屋内/就像琥珀养上一条鱼。"(《孤寂的干鱼》)③ "万物皆空"消解了对生命终极意义的执着探寻,理想与虚无同一。

在浮躁喧嚣的现代社会,人们需要找到心灵的寄托之所,需要拥有精神支撑。尤其是在高原地区,生存条件恶劣,人们还得有坚韧的品格。在追寻生命终极意义的途中,"曾经闪光的年华/在蓝天下迷了路/老阿妈腰身佝偻/就找到了路/佛珠/有时从众,有时引路"。④ 以谦虚的姿态面对生命,放下一切尘世纷乱,幸福就在其中,"放下/匍匐于地,你的身子/等于你与幸福的距离"(《匍匐于地》)。⑤ "放下"执着,生命

---

① 康若文琴:《马尔康 马尔康》,第 80 页。
② 康若文琴:《马尔康 马尔康》,第 21 页。
③ 康若文琴:《马尔康 马尔康》,第 114 页。
④ 康若文琴:《马尔康 马尔康》,第 68 页。
⑤ 康若文琴:《马尔康 马尔康》,第 117 页。

就会永恒,因为时光会醒来。"空"与"存在"是一组相对的存在,生命自身的虚无存在于历史长河中,却消弭于人生的修行中,"你静候在修行的岩洞/时间追上了你的步伐"。(《毗卢遮那大师》)①

康若文琴诗歌里的生命态度是谦虚而不失自我,低调而坚韧。《蒲尔玛的果树》借苹果树的"低调",指出生命需要谦虚的态度,"果子能小就小",否则会招来夜鸟的啄食。有谦虚的生命,也有坚韧的生命,《执拗》里小小桃树能劈开巨石找到生路。

心中有禅意,生命不会虚空,是康若文琴诗歌表达的主题之一。但诗人在《长海告诉我》里,又指出人唯有抓牢自己才能避免生命的虚空。这是现代人文主义对于"我"之主体性的肯定,对"人"的肯定,康若文琴诗歌中"对于我自己的肯定"是现代文明的折射。万事皆空思想与现代人文主义对人之主体性的肯定构成了康若文琴诗歌的"复合性思维",映照当下多元文化共存的文化生态。

在《坐在岩石上》中,水鸟、阳光、经幡、水流追寻生命的终极意义,它们都有一样的方向,诗歌折射出万物平等的思想。"色尔米的记忆深处/蓝是天空的供奉/……/真言端坐/色尔米的长空往更深处蓝。"(《色尔米的经幡》)②"'佛性''识性'与文学'性灵说'所倡导的是作家内心的本真、真情感、真性情,都是从人的心灵的本真状态着眼和立意的,

---

① 康若文琴:《马尔康 马尔康》,第32页。
② 康若文琴:《马尔康 马尔康》,第64页。

所表现的宗教与文学的共同逻辑起点在于'心'的律动,在于宗教主体与文学主体在情感、信仰、认识事物、审美上的一致性。"[1]

康若文琴的诗歌不乏对现实生活的思考。《树老往人身边凑》借树叶讽刺那些卑微却聒噪、追逐繁华的人,而这些人得到的命运却是更加卑微悲哀。在《周末,与一群人爬山》中,她讽刺人在追求成为"英雄"的途中,在不知不觉间丢失了自我。在《想过河的树》中,实现理想的树被人遗弃,诗人揭示人们在追寻理想的路上,遗忘了生命原点。康若文琴的诗歌将生命体验上升为一种哲思,例如,在《流浪狗》里,将自己献给阳光天地的流浪狗,却被天地所伤害,正如给青稞锋芒的秋风,被锋芒所伤。生命的悲凉,在于付出者被接受者伤害。康若文琴在诗歌中通过"付出"与"伤害"显示出一种人生困境,这是一种人与人之间无法相依的孤独。而这种"孤独"是现代人的常态体验之一,体现了现代社会中人与人之间无法沟通、无法信任的隔膜。

传统文明与现代文明构成了现代中国的"复合性思维"。虽然康若文琴的诗歌充满禅思,情感浓厚纯粹,但是与现代文明不可避免地构成一定程度的"复合性思维"。王汎森指出:"在近代中国,由于社会与思维的剧烈变动,出现了一种激化了的'复合性思维'或'复合性概念',即'把显然有出入或矛盾的思想迭合、镶嵌、焊接,甚至并置在一个结构

---

[1] 蒋振华:《以宗教为切入点的新世纪中国古代文学研究——基于问题、现象与方法的思考》,《文学评论》2008 年第 1 期。

中'。这些从后来人看来矛盾的思想，从当时人或思想家本人的角度来看却是一个逻辑一贯的有机体。"① 这种复合性思维在康若文琴的诗歌中体现为"现实关怀"与"宗教信仰"之间的关联。

康若文琴的诗歌显示出她的现实关怀，而这种现实关怀与宗教信仰相悖。女性生命体验与投身信仰在《母亲节，看见一群尼姑》中显示出一种矛盾，"母亲"在人类生命史上具有崇高的地位，但是如果出家为尼，则意味着母亲这一身份的被剥夺。诗歌对尼姑失去做母亲的机会表示怜悯，同时又有着对佛的坚定敬仰，显示了"出世"与"入世"之间的悖论。也可以说这是一种复合性思维。作为女性诗人，康若文琴对于女性生命体验的切实关怀与诗人的宗教信仰建构了一种复合性思维，表现了当代人的"精神困惑与危机"。

康若文琴的诗歌从个体生命感受到对历史、时光的思考，高原、经幡、碉楼等意象体现了藏文化特点，但其生命体验从青春期的浪漫感伤转变为中年以后的理性沉淀，穿透其间的禅思更让她的诗歌具有形而上的哲学意蕴，在当下的喧嚣浮躁中具有特殊的意义。其诗一方面呈现了因文化转型而来的困惑；另一方面也因其形而上的思考具有洗涤心灵、安慰人心的力量。形而上的思考使其诗歌意蕴超越地方性，具有更达观的意义。

---

① 王汎森：《晚清以来的"复合性思维"》，见方维规主编《思想与方法——近代中国的文化政治与知识建构》，中华书局，1986，第46~47页。转引自黄键《还原"间距"——王国维"境界"说的文化身份辨析》，载《文学批评》2018年第2期。

第六章

归去来兮之间的"故乡"

——凌仕江散文

引 言

西藏被称为"世界屋脊""地球第三极",气候变幻多端、交通不便、人烟稀少。西藏气候变换异常,既可成灾也可以转眼之间便美丽如诗。夜里大雪纷飞如粉尘沙砾弥漫整个世界,大有摧毁一切的阵势,转瞬之间却变为琼瑶仙境。"天边那座雪山在红霞的映照下,如一朵盛开的玫瑰。雪花还在飞舞,天空却神奇地放晴了,纯净、明朗、湛蓝,像个率真可爱的孩子,脸上还有泪痕时,已露出雏菊般的笑容。耀眼的阳光与飞舞的雪花在天地间窃窃私语,相亲相爱,整个世界奇美无比,如琼瑶仙境一般。"[1]

伴随着 20 世纪 80 年代文化寻根热潮,这块曾被冷落许久的土地备受关注。扎西达娃《记在皮绳上的魂》与马原《拉萨河的女神》开启了当代文坛的西藏"神性"叙事,而将西藏"神秘"叙事推向极致的则是何马的悬疑小说《藏

---

[1] 裘山山:《我在天堂等你》,解放军文艺出版社,1999,第 437 页。

地密码》系列。何马小说将西藏的宗教、人与藏獒作为神秘叙事的要素,加入一些似是而非的历史传说,极具神秘性。另外,在市场经济(旅游热)的推动下,西藏叙事与现实本身慢慢形成了一道墙,"在那些具有浓郁的超现实色彩的故事中,历史本身成了一种遥远的回声,在那副被自由的想象涂抹得艳丽无比的图画中,现实本身,只剩下一点隐约的背影"。①

第一节 成长的寂寞

作为一名"70后"的巴蜀作家,凌仕江以行万里路的勤勉执着不断地为当代文坛奉献作品,1997年迄今共出版散文集10部,有《你知西藏的天有多蓝》《飘过西藏上空的云朵》《西藏的天堂时光》《说好一起去西藏》《西藏时间:16年的坚忍与苍茫》《我的作文从写信开始》《藏地圣境》《骏马秋风》《天空坐满了石头》《藏地羊皮书》。其文多次被《新华文摘》《读者》《青年文摘》《散文选刊》《作家文摘》《文学报》等转载。大约有三十篇作品收入全国各地的高、中、小考卷。他曾是一名军人,从1993年入藏算起,他在西藏生活了近20年。早已将西藏当作"故乡"的他,其散文中的西藏叙事在当代文坛具有什么独特的意义呢?凌仕江从经验视野下解构西藏的神秘性叙事,从个人体验角度还原西藏的美。

---

① 阿来:《民间传统帮助我们复活想象——在深圳市民大讲堂等的演讲》,载《看见》,湖南文艺出版社,2011,第203页。

凌仕江散文中的西藏叙事带有很鲜明的个人体验，成长记忆是其散文的一条重要线索，由任命运摆布的少年慢慢成长为主宰命运的男子汉，由生活的歌者到思考者。初到西藏的凌仕江是一个在孤单害怕时会喊妈妈的青涩少年，是一个在令人窒息的寂寞围困中会走出哨所到草原上撒欢打滚的可爱男孩。西藏在他的青春中留下了深刻的寂寞体验，他想用笔抵抗寂寞，这成为其最初写作的动因。寂寞为他提供了心灵的修炼场，蓝天白云成就了他青春性的美文写作。跋涉于西藏山水草原之间的他，逐渐成长，开始陷入对人文地理的思考。"它们从不更改生活的场，就像有些死心塌地的族群一样，选择了一个地方，就以死相依，这是爱的抉择，它们在藏北站着迎接风雪，站着睡觉，站着死亡，站着宣告——因为有了它们，藏北的土壤就不再寂寞"。"它们就这样保持着爱的姿势，直到地老天荒，大雪无痕。这是一组风雪无法消融的雕塑。爱是不惧任何力量摧毁的，暴风雪在爱面前也无能为力。"[1] 面对一群冻死在冰雪中却依然保持着爱的姿态的马，凌仕江陷入了对生命意义的思考。与此同时，随着凌仕江往返于西藏与内地之间的频率增加，他的西藏叙事融入了多重文化视野，其思辨力度也增加了。凌仕江从20世纪70年代走来，感受了80年代的思想活跃，亲历了90年代的经济高速发展，感受了传统游牧文明、农耕文明、现代文明和后现代文明的共时性在场。这促成了凌仕江西藏叙事的多重性。不同维度的西藏叙事出现于凌仕江的散文中，由荒凉险

---

[1] 凌仕江：《藏地羊皮书》，江苏凤凰文艺出版社，2015，第162、164页。

峻到温情脉脉,从他乡到故乡,由美丽的乌托邦想象到走出喜马拉雅的艺术围困。他在现代文明理性审视中写出藏民生存之艰难,勾勒出西藏地理位置对人构成的"围城"景观。

凌仕江笔下的西藏印象最初是荒凉、寂寞的,诗歌成为追梦少年抵抗寂寞的方式。凌仕江将"想家的孤独"写成一曲"边关的歌"。个人体验赋予凌仕江早期散文创作挥之不去的忧伤与空灵,例如在《藏南看雪》中,季风的忧郁清冷和残酷记载了作者年轻的生命体验。藏南的雪虽然美丽,"有时,风里还带着洁白的碎屑,一丝一缕,一片一片落在高贵的树林,融入冰冻的河流,飞在神秘的气层",[1]但给人带来的主要是孤独。作者由军嫂的艰难跋涉想到藏南建设者的奋斗精神,由藏族青年面对雪的缄默联想到"雪旱"(让人们"爱"雪如"命")与"雪灾"(让人们"恨"雪如"敌")。藏南看雪,实质看的是少年的心:灵动的飘雪承载少年的浪漫与沉重。无处可逃的寂寞像沼泽,让人窒息,"也许,你不明白一人在旷野默默厮守一间小屋到底为了什么?像一具尸体抛在坟墓里等待腐烂。因为你无力向无边的寂寞宣战。你只有悲伤地抚摸自己的尸体而产生不可理解自己的行为。但寂寞像一片无边无际的沼泽,你只有原地不动。"[2]《一个人的哨所》中,那刻骨铭心的寂寞令人窒息。作者的西藏岁月是寂寞而艰苦的。[3] 失之东隅,收之桑榆,寂寞祛除了外在世

---

[1] 凌仕江:《你知西藏的天有多蓝》,当代中国出版社,2013,第18页。
[2] 凌仕江:《你知西藏的天有多蓝》,第111页。
[3] 凌仕江:《你知西藏的天有多蓝》,第104页。

界的喧嚣,却使作者关注人与自然、人与自我的关系,体验纯粹的内心世界,于是就有了灵动的《你知西藏的天有多蓝》。这部散文集是自然之子的纯粹之作,凌仕江用天然的方式、灵动的笔触,勾勒西藏的蓝天,呈现最美的自然景观,引起文坛瞩目。这也揭示了凌仕江对西藏情感的变化,由最初的寂寞害怕,想要"逃避"转变为因为蓝天白云之美而"喜爱"西藏。男孩在西藏慢慢成长,开始主宰自己的人生。

"是该前行,还是后退?来不及思量,甚至不敢徘徊,当信念的步伐迈开,血管里就响起了马不停蹄的声音,走着,走着,我忽然飞一般地跑起来了,我知道,我已经接受了现实,在人生绝望的边缘,我不一定能成为照亮天边的灯,但我一定可以成为主宰我的神!"[①] 外在环境不再是影响男孩写作的唯一要素,他开始突破个人经验叙事,《灵魂在高原》与《马》等文章显示出他由"歌者"到"智者"的转变。

在西藏,以往破旧的帐篷大多变成美丽的乡间别墅。乡村传统文化被现代市场经济大潮冲击,人与人之间的情感逐渐淡薄,在消费观的挤压之下愈发脆弱。可是在凌仕江笔下,西藏却显示出"天堂"之美,"往前走,再往前走,在所有你走过的地方,西藏就这样成了你传说中的精神圣域。我想说,那就是东方精神的高地,那就是心灵故乡的花朵,

---

① 凌仕江:《西藏时间:16年的坚忍与苍茫》,中国当代出版社,2011,第170页。

那就是灵魂出窍的遗址——一个天天守在天边等你归去的地方"。甚至曾经让凌仕江深恶痛绝的狼也成为记忆中的一种美好——"多年以后,就在不少人怀念狼的今天,我发现狼根本就不可怕,在……寂寞的寒冬腊月,动物更想成为人类的朋友。"①

　　凌仕江个体体验下的西藏叙事具有文化相对论特点,在平等视角下呈现西藏文化的独特性。作为一名书写者,凌仕江穿梭于不同的文化场域,其西藏叙事显示出参差相衬之美。凌仕江生命体验的西藏书写是一位少年在西藏的成长史,写出了他对西藏的"逃离"与"向往"。西藏呈现"闭塞与天堂""神性与非神性"等异质性同在的张力场域,他写出了西藏形象的多重性,显示了作者前现代、现代和后现代的多重考察维度。

第二节　现代性视野下"物性"与"神性"的转换

　　"'布达拉'是梵文音译,意为'船'或'舟'。按照佛教的教义,把人类生存的这个世界,梵语称为'南瞻部洲',看作是一个无始无终、无边无际的苦海……印度佛教徒把传说是观世音菩萨居住的圣地普陀洛迦山称作'布达拉',就是一个象征,一种期望,祈愿大慈大悲的观世音菩萨用这硕大无比的航船——布达拉,拯救众生脱离苦难,到达幸福的彼

---

① 凌仕江:《西藏时间:16年的坚忍与苍茫》,第243页。

岸。当松赞干布在拉萨红山之上修建新的宫殿时,就把它命名为'布达拉宫',蕴含着拉萨的布达拉宫能够与印度的佛教圣地普陀洛迦山相媲美的意思。"①

社会历史形态转变带来新视野,老一代藏族作家降边嘉措拾阶而上参观布达拉宫,巍峨宫殿首先让他想到的是当年建筑者的艰辛不易——广大农奴的血汗和尸骨,他关注财富不均的社会现象。②布达拉宫的金碧辉煌让降边嘉措看到的是耗资巨大、劳民伤财。"修建红宫耗资巨大,据《建塔纪实》记载,'修建红宫的费用达 2134138 两藏银,黄金 119082 两,灵塔镶嵌的珠宝及塔内所藏文物等费用达 1041828 两。仅此一项的费用折合青稞为 18752905 克'。"③他查阅历史文献资料,发现修建布达拉宫的广大农奴不堪忍受沉重劳役曾在林芝地区发生大规模暴动。降边嘉措将布达拉宫的建造成就归于劳动人民的智慧,称其为民族团结的历史见证,"布达拉宫的建筑气势磅礴,壮丽辉煌,继承了藏族传统的建筑形式和结构,是藏族人民智慧的结晶,也是藏族与汉族等兄弟民族文化交流的历史见证"。④降边嘉措经历过西藏民主改革前的贫穷屈辱生活,他体会到改变命运不能依靠磕长头乞求,也不能依靠念经祈祷菩萨恩赐,只有在共产党的领导下靠自己斗争争取。"这些朝佛的人,为了改变自己苦难的命运,寻求光明与幸福,怀着虔诚的信仰,离乡背井,抛妻别子,丢下

---

① 降边嘉措:《阳光下的布拉达》,四川民族出版社,2003,第 23 页。
② 降边嘉措:《阳光下的布拉达》,第 114 页。
③ 降边嘉措:《阳光下的布拉达》,第 114 页。
④ 降边嘉措:《阳光下的布拉达》,第 41 页。

双亲，忍受难以想象的痛苦和艰险，一步一磕头，历经艰辛，经过好几千里，到拉萨去，朝拜大昭寺里面的那尊偶像……可是，他们虔诚的信仰又换来了什么呢？……广大的藏族人民却依旧在这人间地狱，遭受无穷无尽的苦难。……他不再相信关于'命运'的那些陈腐说教。"① 现在他坚定地相信，要改变黑暗的旧制度，要让藏族同胞过自由幸福的新生活，不能靠磕长头去乞求，也不能靠念经祈祷，靠菩萨恩赐，只能在党的领导下，靠自己起来去斗争，去争取。布达拉宫在降边嘉措的西藏叙事里不是神的象征，而是广大农奴血汗的见证，也是藏族劳动人民智慧与创造力的体现，更是民族团结的历史见证。

时间抹去血腥的记忆，20世纪80年代以来，布达拉宫呈现给当代人以悠远神秘的印象。当代人以浪漫情怀遥想美丽的布达拉宫，遥想布达拉宫是在劳动人民愉快的歌谣声中建造起来的。后现代视野下的布达拉宫成为当代人精神上的高度。

西藏是见证凌仕江成长的地方，在这个充满宗教气息的地方，神性、魂灵以及与宗教相关的信息逐渐渗透在他的散文创作之中，"剩下的只有石头，高于天空的石头，难以穿越的石头，比城市里房子更多的石头，它使我相信宗教指示的方向是一切生灵的必经之徒……生长于十万个西藏的石头，在阳光与风雪的雕饰下，成为宫殿不朽的注解，它们把岩石

---

① 降边嘉措：《格桑梅朵》，人民文学出版社，1984，第532页。

内部的力量转化给朝圣宫殿的每一颗心灵"[①]。对布达拉宫的仰望、对神灵的膜拜等都体现出凌仕江对西藏文化的"内在"接受。

一批又一批的人到西藏来寻梦,并为此写出一本又一本关于香巴拉的书籍,如《香巴拉之路》(〔美〕龙安志,2008)、《藏地胜境·仰桑贝玛贵》(邱常梵,2014)、《仰望藏地:魅力巴颜喀拉》(王忠民、王晓晶,2013)等。其中最为知名的应当是入藏20多年的马丽华。她被称为西藏的歌者:"清冽的风款款流过/野牦牛裙裾与长尾飞扬如帆/独行的狼也优美地驻足张望/一朵杯形紫花兀自低语/……如海洋如星空的草原啊/如悲歌如情人的草原啊……"[②]

西藏成为当代人的精神家园,成为解决当代人精神困境的"乌托邦",这反映了现代化进程中人们对精神家园丢失的焦虑、困惑。

第三节 归去来兮之间的"故乡"

不同的时代文化必然会投射到作家的作品中,降边嘉措的西藏叙事主要基于历史的进步论,凸显新社会、新人物、新天地。凌仕江所处的是改革开放的新时期。

从降边嘉措到凌仕江,他们都属于当代中国光荣的金珠

[①] 凌仕江:《藏地羊皮书》,第186页。
[②] 马丽华:《五冬六夏》,转引自裘山山《遥远的天堂》,解放军文艺出版社,2006,第34页。

玛米（藏民对解放军的称呼），历史让他们懂得命运的主宰是人而非神，现实关怀让他们拒绝神秘性叙事，还原本真的人与高原是对人与文学的尊重。降边嘉措由布达拉宫写出历史中广大西藏劳动人民的艰辛与智慧，揭示历史遗迹背后的真实故事。凌仕江从当代文明"人性"的维度解读、阐释高原封闭环境中的精神"解放"。他们笔下的西藏叙事具有祛魅的解构功能。

"作为真正的战士，他们的神是永远不死的，任何人都不能成为战士的神。"① 凌仕江的精神困境凸显于他的西藏叙事的犹疑，对"神性"的接受与拒绝同时存在于他的西藏形象中。

封闭的地理环境对人的生存形成围困之势，造成心中之"神"的生成。凌仕江通过"上校"与藏獒的故事来反思、审判神性。"神让上校的内心积极生长出那么多凶猛的害虫。神是一个富丽堂皇的宝座，上面爬满了垫着脚尖的壁虎，它们的梦想是要走到天上去看太阳和月亮做爱。神完全侵占了上校的心思。上校认为世界最高的王都住到了拥有布达拉宫经典坐标的拉萨城里。上校眼里早已容不下雍布拉康，更容不下世间的任何情感，包括他住在阴曹地府的父亲。""于是，我重新加深了对孤独的修炼与审判，我必须与那一片神圣的地域保持警惕，我一直在出走"。② 散文揭示孤独与人对宗教信仰的选择存在某种内在关系，写出了作者对于"神性"的

---

① 凌仕江：《西藏时间：16年的坚忍与苍茫》，第208页。
② 凌仕江：《西藏时间：16年的坚忍与苍茫》，第207、209页。

警惕。高原上的凌仕江,具有无神论者的一面。这与他对"神性"之地的歌咏形成悖论,显示出他对西藏形象表述的犹疑。

凌仕江的西藏叙事具有一种悖论性,即对神性的书写与质疑同在。与降边嘉措的布达拉宫叙事所采用的"平视"角度不同,"70后"作家凌仕江采用了"仰视"角度:"拉开我视线的是那些石头铺成的天梯,它们在转转折折中将一座神秘的宫殿挺举到天空中……"① 布达拉宫在凌仕江笔下成为"天堂倒塌在人间的一个碎影":"在拉萨城幽深的寂静里,我度过了一个无眠的难熬的夜晚,因为布达拉宫里面闪闪发光的石头。……因为读不透的布达拉,因为数不清那些长满了眼睛的石头,它们看上去既有艺术的气质,又充满宗教的血肉。它们从此像结石一样驻扎在我的胆里……走出宫殿,走不出石头的内心,很久很久,我想我应该说出那句佛让我不要随便说出的话,我说布达拉宫终将有一天会成为天堂倒塌在人间的一个碎影。"②

同样显示出困惑与悖论的藏地书写者,还有马丽华。她在《藏东红山脉》《灵魂像风》中对人们执着的宗教信仰提出质疑,但是在《西行阿里》里,她又为曾经的质疑而深感后悔。"这只是马丽华她自己的西藏。……是彼时彼地的尽量忠实……说出一些本不该由我说出的话。例如在《灵魂像风》后半部,忍不住耐不住地写到对传统的宗教式的看法……最

---

① 凌仕江:《藏地羊皮书》,第186页。
② 凌仕江:《藏地羊皮书》,第188页。

后,则几近无情地断言了那显而易见的风险:那根绳子的终端空无一物。这是我的痛切所在。"① 凌仕江与马丽华等人的宗教态度最为深刻地反映了当代人的精神困惑。

现代文明主张人是地球的最高主宰,万物皆为人所用,现代科技助长了人类征服自然的野心,而传统"天人合一"的思想被冲击得摇摇欲坠。当代工业文明带给人们便捷生活、丰富物质的同时,也带给人们自我人格的萎缩。自我的无助、渺小、虚无感是当代人的普遍体验。西藏因为其美丽的自然风光,虔诚的宗教信仰和传统的生活方式形成独特的地理人文景观,成为当代人心中的"净土""人间天堂"。西藏的地理环境对于人类生存而言不是一个惬意的所在,但正因为如此,能在这样的环境中生存的人更值得人们尊重。藏民的美丽不是通常意义上外表的美丽,而是一种"生命力之美",这种美在科技发达的今天愈发珍贵。封闭的地理环境造成物质文化的落后,坚定的宗教信仰让人思想单纯,这成为现代社会稀缺的"纯净美"。美丽的地方与美丽的人构成想象中的理想国。在裘山山等作家的笔下,西藏是具有神性与灵魂的,"站在那片高原,我常会觉得自己被放逐了,因此而淡化了生存以外的欲念。人一旦从人的种种欲望中挣脱出来,从种种俗利的淹没中挣脱出来,就会变成自己的主宰。于是,常年穴居在都市的我,感觉到了彻底置身于自然的舒畅"。② 在入藏寻梦的人中,马丽华是执着认真的,她踏遍了西藏的山山水

---

① 马丽华:《西行阿里》,作家出版社,1992,第184页。
② 裘山山:《遥远的天堂》,解放军文艺出版社,2006,第3页。

水,并出版了《灵魂像风》《藏东红山脉:马丽华走过西藏纪实》等纪实文学,具有广泛的影响力。西藏生活成为"他者"眼中充满魔幻色彩的超现实小说,西藏被书写为英雄之地、神性之地,是能抵达灵魂的所在。这种书写呈现典型的后现代性,后现代在解构当代文化的同时,以重塑失落的远古文明为策略并建构自己的美学理想。

"诗意找寻"与"梦想失落"体现了西藏天堂神话的不同演绎方式。马丽华怀着梦想来到西藏,尽力融入当地文化生活,但经历了青春期的诗意踏寻、中年的彷徨与理性沉淀之后,她发现自己还是"他者"。她用25年的时间证明自己最初的梦想只是一个虚妄的幻想。"想起当年远离家乡的心情,想起当初到西藏时渴望被认同、接纳的心情,为此做过的那么多年的努力,25年过去,却发现最初所受教育的根深蒂固的性质,转而想要参与这个社会,为这片土地做一些实实在在的事情,苦心孤诣却发现力不能及——'既不能请他们上车避风雨,也不可能跳下车去与他们风雨同行'。"① 马丽华初到西藏,寻找的是保留了诗意与梦想的独特文化体验,古朴民风、美好人伦,这些都是诗意西藏的构成部分。但是到最后,她发现西藏也在经历从传统文明向现代文明的转换,其中同样会出现文化的多元化。"我在西藏生活多年,前一半时间有意无意在寻找差异,后一半时间却发现找到了更多的共同——在对于富裕文明的向往方面,不同的民族人群并没

---

① 马丽华:《藏东红山脉:马丽华走过西藏纪实》,中国藏学出版社,2007,第260页。

有多大的不同。"① 这样的发现对于寻梦者而言是失望的。与此相对的是，如果没有文明转型，停滞的文明必然导致陈规陋习的存在，接受了现代文明教育的马丽华对此是不能接受的。

对于寻梦者——马丽华梦想破灭、裘山山找到了自己的梦想、凌仕江在西藏实现了自己的梦想——为什么西藏给出了不同的答案？现代都市舒适便捷的生活慢慢磨灭人类原始的生存能力，而西藏让裘山山感受了生命力与自然之间的博弈。西藏作为生命力的炼狱场时，"生命强力"是西藏的旗帜。裘山山的"天堂"西藏叙事是现代都市人对西藏浪漫情怀的表征。入藏25年的马丽华最终未能真正融入西藏，一是因为从激情飞扬到审美疲劳的转变，二是因为对其文化独特性的理性认知，而第二点才是主要原因。接受了现代教育的马丽华，不能忽略西藏文化发展滞后的方面以及其中存在的一些陈规陋习。她最终未能将他乡作故乡，而是选择结束心灵的流浪，离开西藏。这是浪漫情怀与现实的撞击，现实扼杀了想象。现代文明向往传统文明，但真正置身传统文明却发现"现代"难以回归"传统"。

与此相对的是在西藏成长的凌仕江，他对西藏没有乌托邦式的想象，因而也没有失落，而是与这片土地的人们、山水相融。其文化视野的一部分是西藏赋予的，没有预设的"西藏想象"也就没有"想象的失落"。与此同时，他作为军人，保卫祖国边防的责任感、使命感让他与数代金珠玛米

---

① 马丽华：《藏东红山脉：马丽华走过西藏纪实》，第278页。

一样为西藏倾注了青春、梦想、爱。他的西藏之爱是一种集体主义的军人之大爱,最终西藏成为这种爱的"故乡"。当结束军旅生活回到城市,他发现高强度的生活压力让现代人疲惫、冷漠,上下班公交车上那一张张冷漠的面孔隔绝了人与人之间的心灵沟通。繁华城市里的孤单寂寞映衬出西藏的宁静之美,凌仕江笔下的西藏在后现代文明视野下呈现浪漫、宁静之美。凌回到家乡,发现家乡经济凋敝、古朴民风消逝,不由唏嘘不已。都市文化的难以融入,让凌仕江更加仰望西藏的蓝天。"西藏之外的内陆城市一片骚动,军营上空一缕月光怎能叫人不思念。"[1] 在后现代语境下,西藏成为凌仕江的精神故乡。西藏之于凌仕江从最初的"逃离"之地转变为"向往"之地,凌仕江对西藏也经历了从"他乡"到"故乡"的情感变化,反映了人们对于精神家园的梦想追寻。凌仕江的"逃离"是传统文明对现代文明的追寻;"向往"则是现代文明向传统文明寻求一曲牧歌,或者说后现代视野下对世外桃源的追寻。

结　语

　　故乡,在传统的文学叙述中是最具温情的意象,但是现代社会正处于转型时期,都市乡村都发生着急剧变化,思乡情怀便多了一分痛楚。老舍的北京叙事发现了中国传统文化"出窝儿老"性格带来文化发展的滞后,沈从文的湘西叙事发

---

[1]　凌仕江:《天空坐满了石头》,北京时代华文书局,2013,第146页。

现了停滞性文明对人的戕害。老舍、沈从文的作品反映当时国人对传统文明向现代文明发展的期待。今天，凌仕江与马丽华等作家的西藏叙事反映当代人们对于现代性的犹疑。西藏乌托邦叙事背后是人们对于传统文明的缅怀、对逝去时代的美好追忆。人，既是作为社会存在物的个体，也是观念的总体，是被思考被感知的社会主体存在。[1] 当代文学场域中的西藏叙事，是以个体的生命感受来表现、确证社会生活，是对现代化的文明之思，折射出当代文明发展进程中出现的物质文明与精神文明失衡，西藏"乌托邦"叙事便是这文明失衡的表征之一。

---

[1] 〔英〕雷蒙德·威廉斯：《马克思主义与文学》王尔勃、周莉译，河南大学出版社，2008，第204页。

第七章

从"梁生宝"到"康巴汉子"

——当代藏民形象书写

中国百年现代文学对乡村的书写,反映着社会变迁,体现着时代风貌。

从鲁迅笔下阿Q、闰土的国民性批判,到周立波小说《暴风骤雨》《山乡巨变》对农村新人新貌的书写,农民形象经历了从批判到褒扬的变化。从高晓声笔下的陈奂生到贾平凹笔下带着转型期骚动情绪的金狗,再到当代文学中进城打工的农民,农民形象的变迁显示出农村不再是传统社会的宁静田园。农民在乡村与城市之间候鸟似地往返,是当代中国的一大景观。在当代,乡村与城市两种不同形态的文明既远且近,行走在其中的人们,在向往丰富多彩的城市生活之际也缅怀静穆美丽的乡村生活。随着青壮年的离去,乡村日益衰败。当代农民陷入追寻物质财富的沼泽地,失去了自己的"故乡",游离在"无根"的边缘。

当代文坛塑造的农民形象与时代文化紧密相连。改霞(柳青《创业史》)、高加林(路遥《人生》)的人生抉择反映了农村青年对城市的渴望。尽管《创业史》的创作背景是农业合作化全面开展时期,农村在政治上具有"高"的主人翁含义，但是"进城"依然吸引着像改霞这样的农村青年。高加林回归农村的无奈、迷茫与一无所有，写出了乡村青年对城市生活的向往以及求而不得的苦恼与人生悲剧。《人生》问世于1982年，正值中国改革开放之初，进入新的时代转型期。改霞与高加林的人生抉择具有高度的代表性，时间越往后走，城市生活以其无可取代的优越性越得到张扬。

但是，进城之后又如何？城市的繁华与腐朽如影相随，啃噬着进城务工的思乡人。进城务工者的城市"边缘人"的身份加剧了他们的思乡情感，回乡建设家园成为他们的又一次选择。"城市是挣钱的好地方，城市是人制造醉生梦死的天堂，花花绿绿、五光十色的世界。在那里，金钱是主宰，金钱压倒一切，人们在城市制造和创造现代城市文明，同时也制造着横流的欲望、幸福与痛苦，痛苦与失落、焦虑等交织在一起。"① 故而，离乡后的回望、思念，让部分农民再次回到家乡寻求出路。当代康巴文学形象表现了进城务工的藏民离开故土后的回归，回归后的家乡建设，为文坛展示了类似"梁生宝"（《创业史》）的当代新型西藏农民，塑造了时代新人物。

第一节 "梁生宝"似的当代藏民

故乡之于年轻一代是美丽的梦。亮炯·朗萨以贴近土地

---

① 亮炯·朗萨：《寻找康巴汉子》，中国书店，2011，第12页。

的方式写出"故乡"之于年轻一代的意义,即改变故乡的贫穷落后。她从当下的现实经验出发,书写故乡建设,塑造新一代西藏男儿形象。

亮炯·朗萨为当代文坛塑造了一位建设家乡的新型农民,他充满理想主义情怀,具有高度集体主义精神。这就是她在小说《寻找康巴汉子》中塑造的男主人公尼玛吾杰(以下简称吾杰)。曾在城市追寻梦想的吾杰回到思念的家乡,发现自己在"他乡"时对家乡的美丽想象与回乡时面对的荒芜、贫穷形成截然对比。但是他没有回避、退缩,而是直面家乡的荒芜、贫穷。吾杰为建设家乡,带领大家修路、修水渠、种植果树、办学校、办砂石厂、搞旅游产业……带领村民共同致富。小说围绕修路、雪崩救人、雪灾抢险等情节展开,渲染吾杰的英雄主义形象。吾杰形象塑造的意义在于重新肯定了青年一代的责任感、担当意识与使命感;张扬其为振兴、建设家乡做出的贡献。小说将吾杰置于一个个困境中,着力刻画其战胜困难、顽强不屈的精神意志。

吾杰作为新时期的农民,具有舍己为人的无私奉献精神、一心为民的集体主义精神,与柳青笔下的梁生宝极为相似。梁生宝为合作社的集体利益而忘我工作、努力奉献,吾杰为改变家乡的贫穷面貌而无私服务于村民。他们俩都具有可贵的集体主义精神,梁生宝是属于整个时代的英雄,是20世纪五六十年代新型农民的代言人;吾杰与其说是从当代都市诱惑中解放出来的返乡青年,不如说是当代藏族农民的代言人。正如《寻找康巴汉子》封面上所介绍的:"伴随着康巴地区异彩纷呈的历史、风俗画卷,吾杰曲折生动的历史不仅启示了当今青年,解放了那些被膨胀物质欲望所禁锢的灵魂,更将藏族文化中尊重生命、尊重自由、坚持信仰的精髓体现得淋漓尽致。"① 吾杰就是20世纪90年代的"梁生宝"。在西藏,像他这样建设家乡、舍己为公的"梁生宝"还有很多。

达真在小说《放电影的张丹增》中也塑造了建设家乡、改变家乡面貌的新一代藏族农民形象,如绒旺塘村的扎西绒塔等。他们受电影《红旗渠》影响,立志改变家乡缺水干旱的面貌,他们没有条件创造条件,发扬自力更生精神,自己动手修渠,改变数辈人背水吃的命运。达真对扎西绒塔等人的形象塑造侧重于时代精神的传承,提出他们继承弘扬了共产党员的吃苦耐劳精神、敢教日月换新天的豪情。

亮炯·朗萨与达真笔下的"梁生宝"形象指向当代西藏广袤乡村的现代化建设问题。两位作家显示的"共性"是对"集体主义精神""奉献精神"的认同。"个性差异"则体现在亮炯·朗萨强调农民追求梦想离不开政府的扶持,政府的扶持是新一代西藏农民建设家园的有力保障;达真则强调新一代藏民建设家园的自主性。在亮炯·朗萨笔下,吾杰建设家乡卓有成效,并收获了美好爱情,其故事有20世纪五六十年代文学的痕迹,吾杰隐约有赵树理笔下"小二黑"(《小二黑结婚》)的影子。要改变少数民族地区的贫困落后面貌,需要政府扶持,更需要当地民众发扬自力更生、艰苦奋斗的精神。比如,《放电影的张丹增》中敢与天地叫板的精神,人物

---

① 亮炯·朗萨:《寻找康巴子汉》,中国书店,2011,封面。

形象塑造既有对历史的反思，也有对共产党员不怕苦不怕累、勇于改天换地"人定胜天"精神的传承弘扬。亮炯·朗萨与达真笔下的"梁生宝"们为当代人建构了"利他、奉献、集体主义"等正能量体系。

阿来的小说《空山》在环保生态理念下将新一代西藏农民的人生理想与家乡建设联系在一起；与此同时，又在哲学层面上写出了人类生命的断裂状态。面对有3000年历史的古村庄遗址，今天的机村人确信那就是他们祖先的痕迹。一场大雪，掩去山林、村庄，留下隐约几座山峰的影子，仿佛天地从来就是如此，岁月无痕，几千年时光弹指一挥间。小说主人公拉加泽里曾经为改变贫弱状况，走上伐树倒卖木材的道路，但是最终回归植树造林、建设家乡之路。这是一个较为复杂的人物，其性格丰富，具有多面性。拉加泽里对初恋的深深眷念显示他的专情；但他在酒吧与女孩交往颇为随意，看似多情又无情。拉加泽里不再是传统的藏族农民，而是乡村里的都市男——时尚、多金、帅气、潇洒、不羁，是现代社会的"梁生宝"。

从吾杰、扎西绒塔等年轻人到拉加泽里，他们身上既有红色经典的烙印也有现代性的浸染。在当下消费文化语境中，康巴文学塑造的这些着力于创造、建设，具有无私奉献精神的"梁生宝"们无疑是当代社会缺失而需要的人物形象。当下社会看上去多元并存很繁荣，实质有着不能承受之轻。舍己为公的集体主义精神、自力更生的创造精神、对纯洁爱情的执着守望等在当下依然值得传承弘扬，这也是立志建设家乡的"梁生宝"们的现实意义。

这些在高原上建设家乡的"梁生宝"们有一个享誉海内外的形象标签，即康巴汉子。作家笔下的康巴汉子是什么样子的？如何解读？本章从亮炯·朗萨与达真两位不同性别作家的作品出发去解读康巴汉子形象。

第二节　康巴汉子的英雄传奇

从社会属性的西藏农民形象书写提升为美学性质的康巴汉子书写，是亮炯·朗萨与达真两位康巴作家的文化共性。这是炙热的民族感情、故乡情怀的表征之一。

亮炯·朗萨在《寻找康巴汉子》中将吾杰的形象从普通的返乡建设家园的年轻农民提升为康巴汉子的典型代表，"康巴汉子气质的豪迈和形象的高大彪悍，那样的英姿真是太入画了"。"其中一幅画的人物完全就是吾杰，那锐利的目光，坚毅的神情，俊气袭人的神采，风雪和种种困难都不曾压垮他。"① 小说以浓烈的情感渲染其马踏荒原的豪迈，迎风立雪的英姿，塑造了完美的康巴汉子形象。小说中的吾杰已经从普通的年轻农民提升为极具美学意味的康巴汉子，穿越历史而来，积淀着高原的智慧、慈悲、勇气和谦逊。"她讲她所见所闻的康巴汉子马踏荒原书写传奇与辉煌的篇章、讲许多高原人的事，这些感动了许多人……这些画的人物，充满了生活气息，充满了高原人古老的坚韧和对世界、对人类永恒的

---

① 亮炯·朗萨：《寻找康巴汉子》，中国书店，2011，第 71、235 页。

穿透精神……"[1]

小说的主旨为寻找康巴汉子，就是寻找像吾杰这样的新一代康巴藏民。历史往前追溯，英俊迷人、骁勇善战的康巴男儿一直存在于这片土地上。康巴汉子具有反抗精神，骁勇善战，是血性男儿的代表。亮炯·朗萨在另一部小说《布隆德誓言》中塑造了一位如格萨尔王般的康巴汉子——坚赞。19世纪七八十年代，坚赞带领贫穷的藏民反抗压迫，被誉为金刚战神。这是一部康巴汉子的传奇史诗，展现他们刚强英勇的血性、豪侠仗义的秉性。坚赞代表的是一个阶级对另一个阶级的反抗，虽然最后他的反抗失败了，但是他的反抗精神却被藏民一代代传颂。

同样是反抗，《红旗谱》中的朱老忠找到了红军，翻身做主人。坚赞是一位顶天立地的英雄，但是英雄没有生在对的时代，所以他的失败与《红旗谱》中反抗地主的第一代农民朱老巩的失败具有相似性，没有发动群众、没有斗争方向，革命就只能失败。这样的悲剧也出现在益希单增的小说《幸存的人》中，主人公桑节普珠带领穷苦藏民反抗反动贵族，却没能救回自己的阿妈。两相比较，吾杰是幸运的，他反抗的是恶劣的自然，是人与贫穷的对抗。吾杰的反抗胜利了，因为他不是孤军作战，他不仅有村民的支持，还有上级领导的关怀、政府的鼎力相助。坚赞是悲壮的，吾杰是伟岸挺拔的，从历史到当下，他们代表着康巴汉子的铮铮铁骨。

亮炯·朗萨的作品具有积极的现实意义。在今天的消费

---

[1] 亮炯·朗萨：《寻找康巴汉子》，第234页。

社会，年轻人注重享受，缺少奉献精神、吃苦耐劳精神等。她笔下的吾杰无疑具有相当的正能量影响力。在缺失英雄的时代，她笔下的英雄形象起到了一定的填补作用。从《布隆德誓言》到《寻找康巴汉子》，在历史与现实之间，她完成了康巴汉子的完美呈现。

文化共性中的康巴汉子，都是顶天立地的英雄。同样是康巴汉子，在不同性别的作家笔下呈现出不尽相同的形象。女性作家的视野更浪漫化、理想化；男性作家的视野更具世俗性的血肉丰满，在开阔的社会历史场景中展现康巴男儿的骁勇与柔情。

达真在小说《命定》中塑造了性格迥异的两位康巴汉子——土尔吉与贡布。小说再现了康巴汉子如格萨尔王般的英勇雄姿与慈悲的情怀。贡布是典型的康巴汉子，强壮勇猛，敢想敢做，男儿的荣誉引起家族仇杀。他的爱情是抢来的。协多草原最美的姑娘雍金玛，被他抢到了麦塘草原做妻子。他征服了喜爱的女人雍金玛，也征服了傲气剽悍的黑马（雪上飞），完成了让所有康巴男人佩服的最高贵的征服。土尔吉作为一名黄教喇嘛应该禁欲，却有着不该有的欲望。小时候，母亲裸露上身劳作的身姿让他知道了男女性别差异，哥哥嫂嫂的性爱场面给了他性的启蒙教育，寺院里美丽的度母画像激发了他潜藏的欲望，仓央嘉措的情诗为他的潜意识欲望提供了"合法性"，少女贡觉措让他彻底沦陷在欲望深渊，身心在天堂与地狱之间挣扎。土尔吉带着贡觉措私奔，成为人人唾弃的"扎洛"。宗教禁锢着人性，但是人性如压抑不住的野草。女性总是能激起土尔吉的性意识联想，身心分裂的煎熬，让土尔吉试图自宫。"看来自己落到如此境地，是命定的吧，人的一生必须有一个最终的认定，要么做喇嘛，要么做俗人，不能含混不清。"①

从个体命运到民族国家复兴，"大爱大勇"的民族国家精神消弭了小我的欲望困顿。在民族国家危难之际，两位性格迥异的康巴男儿参加抗日远征军，在战场上以不同方式展现了康巴男儿的英勇不屈与坚强意志。抗日战场上，贡布如格萨尔王般神勇，让他获得"战神"的称号，展现了康巴汉子的铁骨骁勇。土尔吉在战场上以宗教的"利他"精神获得"无畏战士"的称号，展现慈悲情怀。战争让土尔吉涅槃重生，用俗人身份做到了僧人的慈悲与悟道。

从1944年5月11日远征军强渡怒江至9月14日攻克腾冲城，历时127天，经历大小战役40余次，共俘获敌军官4人、士兵60余名。远征军伤亡惨重，以成千上万的伤亡为代价，守住了防线，守住了中华民族的家园。达真的《命定》写出了"个体"、"族群"与"国家"的唇齿相依。抗日战场让土尔吉、贡布明白了国与国之间的差距，明白了战争的残酷，明白了草原上的械斗、仇杀等个人恩怨与民族国家命运比较起来，完全可以抹去不谈。战争让康巴汉子更为成熟，知道了家、族群、国家的关系，明白了什么才是真正的"命定"——那就是唯有中华民族大家庭的团结相依才是命中注定。"……我们可以从五千年的朝代更替看到一个命定的逻辑，中国各王朝的版图概念是中心清晰边缘移动的……

---

① 达真：《命定》，四川文艺出版社，2011，第173页。

但无论王朝如何更替哦,这个认同是事实的。……因为,这个有着五千年历史的版图上的任何一个民族无论用什么方式脱离这个群体都是站不住脚的,中国式各民族组成的大家庭,这是命中注定的,就像本书中的主人公义无反顾地走向抗日战场那样,是命中注定的。"① 康巴汉子为民族国家复兴所做的贡献不只是一种文学想象。小说《命定》是达真在老兵马瑛先生等提供的真实素材基础上展开文学想象而写成的,有相当的真实性。历史上,在中华民族抵御日本侵略之际,康巴男儿也做出了相当的历史贡献。例如,1943 年,黄正清(阿巴阿洛)为抗战捐献 30 架战机、1000 架机枪、1 万张羊皮。

文学与历史交相辉映,映照着康巴汉子在民族国家危难之际挺身而出的豪气、英勇。

随着各民族之间的交流交往,康巴地区的文化早已融合、凝聚着各民族文化智慧。达真的小说《康巴》以云登家族的兴盛衰亡讲述康巴地区的历史风云,讲述康巴汉子的英雄传奇,也讲述了康巴地区的民族大融合。

爷爷,这次去你的故乡康定,我在著名的人类学家费孝通先生著的一本书中了解到。康定是中华民族大走廊的中心,大走廊上聚居着二十多个民族。过去你常回忆说,你的父亲体内流淌着汉族和回族的血液;后来你的父亲又娶了藏族女子成为你的母亲,在你的体内又增

---

① 达真:《命定》,第 340 页。

加了藏族的血液；来台湾后，你又娶了高山族女子成为我的奶奶，这样一来，我的体内同时流淌着汉、藏、回、高山族的血液。爷爷，看来，我的身份证只填一个族别显然是不准确的。……孩子，我活到古稀之年才悟出：其实，民族不过是一个抽象的符号，友情第一，智慧第一，才是全人类寻找和谐的终极目标。①

小说以康定为舞台，描写来自不同地方、不同民族的人们如何在此扎根、开枝散叶，繁衍生息，最终相融在一起，成为一个整体；展现中华儿女在"皮之不存，毛将焉附"的生死存亡之际，拧成一股绳，共同抵抗外辱、保家卫国的悲壮历史与民族豪情。

亮炯·朗萨的《布隆德誓言》书写了近代康巴汉子的英雄气概，《寻找康巴汉子》展现了当代康巴汉子的英雄形象。达真的小说《康巴》以追溯历史的方式梳理康巴汉子的文化基因脉络，《命定》以日常与战争两大场域展现康巴汉子的英雄气概。二人从人文地理、历史、美学角度书写康巴汉子的英雄形象。从历史到当下，从个体命运到国家命运，亮炯·朗萨与达真两位作家笔下的康巴男儿踏马而来，沐浴着历史的光芒，闪耀着时代气息，组成时光长廊中的英雄画卷。

其形象塑造可归为英雄传奇类。这种传奇，与历史上专注奇闻逸事的唐传奇及从现代性角度关注日常叙事的海派传

---

① 达真：《康巴》，四川文艺出版社，2013，第480页。

奇不同，康巴作家的传奇关注英雄形象塑造。人类素有英雄崇拜情结，从神话中的后羿射日到正史中的项羽悲歌，再到武侠小说中的江湖豪杰，英雄的书写是古今文学主题之一。从民族文化性格角度分析，格萨尔王的传唱培育了藏族人民的英雄梦想，藏族男子普遍具有英雄情怀，更不用说美丽女性对顶天立地之英雄的崇拜。

人物形象塑造背后有特定的文化内涵与现实意义。农业合作化时期，梁生宝（柳青《创业史》）代表共同走向富裕的集体主义；改革开放之初，乔光朴（蒋子龙《乔厂长上任记》）代表力主改革的时代潮流。康巴汉子形象呼应了当代文化潮流中的民族文化风情。

藏传佛教让人们顺应天命，安于此生，寄希望于来世，在"命定"的人生轨迹中温顺地走向人生终点，广大农奴对"命定"的顺从是农奴制度得以延续千年的主要原因之一。但是康巴男儿却不甘于如此"命定"，反抗精神相对突出，因为文化交流，他们具有开阔的视野，不相信既定的命运："我看到了世间权势的邪恶，我不会因此像出世的僧、佛一样遁入佛界空门，我要当战士，要让所有苦难的人都知道幸福是每个人都应该拥有的，而不只是在来世！"①历史中的坚赞（《布隆德誓言》）选择了反抗"既定"的命运，选择了与命运抗争，带领贫困的农奴反抗压迫。小说再现康巴汉子如格萨尔王般的英勇雄姿与慈悲的情怀。为民族国家的复兴梦想，土尔吉与贡布离开家乡走出大山，土尔吉摆脱"扎洛"的低

---

① 亮炯·朗萨：《布隆德誓言》，第313页。

贱身份成为"无畏战士",贡布成为"战神"并消解了家族的仇恨。同样,面对恶劣的自然地理环境,当代"梁生宝"们的选择是与天相抗。他们改变家乡,修渠引水,修路改善交通,办学校让小孩接受教育,改变封闭环境带来的逼仄视野。"命定"也是"命不定",是康巴人不甘命运摆布的反抗,是敢与天斗的豪情,是自我掌控命运的现代精神。

康巴汉子的英雄传奇具有现实意义。在碎片化的后现代语境中,阴柔美流行,阳刚气缺失,关注小人物的灰色人生是潮流之一,康巴汉子形象塑造对当代文坛在人物形象塑造方面具有重要贡献,树立了当代文坛新的英雄形象。"建构"崇高美学,对于重塑理想、重构文化价值有着切实的意义。民族文学英雄形象塑造背后有着民族文化忧患意识的宏大叙事背景,故而文学常具有历史感、文化感的厚重与对现实的关怀。

第三节 "真诚"与"真实"的差异性书写

从晚清到当代,从传统逐渐走向现代,"价值、正义、真知与欲望"是时代转型带给人们的困惑,晚清小说以不同形式探寻之,书写正义的侠义公案小说,探讨欲望、身体解放的狭邪小说,以及展现光怪陆离想象世界的科幻小说,还有谴责小说,充满张力的价值辩证。这些问题的探讨在五四及以后的小说中成为一种传统。在 21 世纪的今天,新的小说门类以不同的方式表达对时代的判断,期望之,批判之,肯定之,构成充满生机的多元文化。张爱玲、王安忆的小说可以说是关于上海的传奇,亮炯·朗萨、达真等的小说则是关于康巴的英雄传奇,共同参与了中国现当代文学的建构。

康巴作家以群体的姿态亮相于文坛,立足于康巴文化,展现康巴历史、地理人文风貌,为文坛贡献了不少优秀文学作品,如达真的《康巴》《命定》,亮炯·朗萨的《寻找康巴汉子》,马建华的《河畔人家》,格绒追美的《隐蔽的脸》,泽仁达娃的《雪山的话语》,尹向东的《风马》,嘎子的《香秘》,阿琼的《渡口魂》,旦文毛的《王的奴》,等等。这不仅是康巴文坛的收获,也是中国当代文坛的收获。康巴作家登上文坛的时间不长,但从第一部长篇小说降边嘉措的《格桑梅朵》到现在,他们能在较短的时间内创作出如此之多的长篇小说,证明了当代藏族文学的日趋成熟。"衡量某一民族当代作家文学成熟程度的重要标尺之一,是要看该民族有无长篇小说的生产能力。长篇小说无疑是一个民族智慧风貌的集中显现,它要求作家对本民族历史、现实有一种抽象的概括能力,并以史诗般的气度统摄自己的艺术把握。"[1]

古今中外的经典文学作品通常都有批判意识、自省意识,充满"痛感"。单向度写作常会禁锢思维,多维度思考更有益于提升思辨力与深层意识。民族文学创作既要有传承传统、彰显民族特色的一面,也要有自省意识。"谁不说俺家乡好",温馨的故乡记忆,浓烈的民族情感,故乡书写容易让作家沉

---

[1] 关纪新、朝戈金:《多重选择的世界》,中央民族大学出版社,1995,第5页。

溺其中,历史与现实的书写在"真诚"与"真实"之间出现误差。

亮炯·朗萨笔下的人物形象较为高大。小说在浓烈的情感中,将高原的物理高度与精神高度直接等同。

> 高原的高度,使我的境界也提升到了过去没有过的全新的高度,感动我的事情和人真是太多太多了。

> 那地方大自然的伟大无处不在,那是离太阳最近的地方……地球之巅,地球第三极,高原接受了你的进入,你的精神境界的高度也会提高……

> 走进它,面对大自然和淳朴的人们,我的灵魂受到洗礼,境界被升华……①

亮炯·朗萨的小说情感浓烈真挚,得失皆在于此。《寻找康巴汉子》字里行间洋溢着作者浓烈的情感,形容世间好男儿的词语毫不吝啬地包裹着吾杰。"……在生活中如此真实的吾杰,其实比大都市里舞台炫目的灯光里映出的那个英俊、高贵又饱含着典雅的吾杰更具魅力,显得真实、朴素、纯洁、豪情,康巴汉子的气质没了粉饰和矫情,如此的真切、可爱、质朴而更显高贵。"② 巴金留下数部传世之作,影响深远,迄今为止,他的《家》仍具有时代典范之意义,但是其早期作品却因情感浓烈、一蹴而就的表达方式,一直受到争议。行

---

① 亮炯·朗萨:《寻找康巴汉子》,第71、75、82页。
② 亮炯·朗萨:《寻找康巴汉子》,第89页。

文时情感太过浓烈，有时会阻碍作品艺术性的提升。所以闻一多曾经说过，当情感浓烈时不要马上动笔，而是让情感沉淀一段时间后再提笔比较好。在中国新文学发生时期，以郭沫若为代表的创造社开一代诗风，但也有了诗歌情感泛滥、形式太过自由的问题。之后，新月派倡议诗美，注重诗艺，对诗坛情感宣泄式表达起到了很好的拨乱反正作用。这对当下写作也是一个很好的启示。

人文、地理是两个紧密相连的概念，人与自然的不同关系构成地方文化、族群文化的不同。《淮南子·原道训》对此有言：

> 九疑之南，陆事寡而水事众，于是民人被发文身，以像鳞虫。短绻不绔，以便涉游；短袂攘卷，以便刺舟；因之也。雁门之北，狄不谷食，贱长贵壮，俗尚气力；人不弛弓，马不解勒；便之也。故禹之裸国，解衣而入，衣带而出；因之也。今夫徙树者，失其阴阳之性，则莫不枯槁。故橘树之江北，则化而为枳；鸲鹆不过济；貉渡汶而死；形性不可易，势居不可移也。[①]

不同地理环境孕育不同的生态文明，多元文明的差异性构成互补。地理环境与人文性格有其固有的联系，但是对人物形象的解读若以地域为唯一的标尺，则会忽视历史文化等要素。浓烈的故乡情怀、民族文化意识，有时会在不经意之间造成情感倾斜以至于失去真实。这也是当代民族文学需要警惕的一个问题。达真的小说《落日十分》从对两幅画中老

---

① 刘安：《淮南子》，中州古籍出版社，2010，第20页。

人的评价延伸到对农耕文化与游牧文化的认知判断,一幅画是《藏地的农民》,展现自信、从容:"……满脸的皱纹格外均匀地散布在脸上,像是刚犁过的疏密均匀的田野,凹陷的皮质犹如田地的沟壑,凸出的皮质犹如田埂,凹凸线条的坚硬透出与大自然抗争的沧桑感和英雄主义情怀,微微显露的笑容恰好与飘过面部的雪片相呼应,老人用自信的笑容回应着严寒的拷问。"另一幅是油画《父亲》,传递出憨态、被动:"……油画《父亲》中的父亲端起碗的憨笑,准确地勾画出了中国农耕文化那种农民依附于土地的期盼感,父亲的笑容是憨态、被动的,而风雪中的老人笑容是主动的、从容的,没有逆来顺受的被动感。""同样是表现老人的两幅作品,游牧文化和农耕文化的差异在笑容里却犁出了边界。"[①]

但是,历史真实如何?人文地理如何?不同文化各有其特点,例如,农耕文化宁静、自足,游牧文化剽悍、爽朗。两种文化各有所长,互为补充。不同文化形态有异质性,不能简单作高下优劣之分。藏族学者杨霞(丹珍草)在追溯藏族区域文化性格的形成时,指出环境的封闭、劳作的重复,造成了藏民因循守旧、逆来顺受的性格,与此同时,环境的恶劣又形成藏民听天由命、随遇而安、顺应自然的思想。"藏族农民生活在狭小的地带和自给自足的经济结构中……在封闭的圈子中进行重复的经验性操作,养成了他们因循守旧、逆来顺受、安于现状、不思进取的心理习惯和行为方式。藏族又是一个在古代'逐水草而居'的游牧民族……面对广阔

---

① 达真:《落日时分》,四川文艺出版社,2013,第13页。

无垠的天然草原和缥缈神山,倍感人的渺小,加之狂风暴雨和山洪雪灾的不断袭击,使人们的生命、财产以及温饱受到巨大的威胁,因此而产生的听天由命、随遇而安、顺应自然的思想相当普遍。"① 区域、民族、民族性格具有多重性,不能简单地以一元思维或二元思维去考量或比较。"……盆地带给人们井底之蛙似的想法即便飞起来也是翻不上秦岭的。康巴是站得高看得远啊,这片宽广的高原具备了思辨哲学的土壤。"② 高原因为海拔高,人在辽阔、高远的天地之间倍感自身的渺小,生命、自然与上天之神的关系成为人们思索的哲学命题,确实是具备思辨哲学的土壤。但是若因此而以二元思维模式将盆地意识以"井底之蛙"概况之,不免有以偏概全之嫌,农耕文化的核心是包容开放、浪漫豁达、与时俱进和大胆创新,不然为何有汉赋、唐诗、宋词,有艺术上独领风骚的扬雄、李白、苏轼、郭沫若等风流人物。无论是巴蜀文化、雪域文化,还是草原文化、傩文化、骆越文化,我们都需要对这些既有共性又有差异性的文化进行分析梳理,使之体现出各地文化的差异性、互补性,如此文化才能"多元"。

把握好"真诚"与"真实"是文学作品处理历史追思与现实关怀的关键要素之一。深厚的民族情怀有时会使作家在凸显民族文化时,有意无意地规避或者否定其他文化。文化交流的特点是不同文化之间的吸收接纳,是文化自觉而非人力强制所为。过去、现在乃至将来的文化交流都是如此。在

---

① 丹珍草:《藏族当代作家汉语创作论》,民族出版社,2008,第18页。
② 达真:《命定》,四川文艺出版社,2011,第238页。

民族文学写作时，我们秉持何种文化立场，与文学能走多远也有关联。达真的小说《康巴》以多元文化、多民族视角交叉互现地写出康巴民族大融合的历史，以恢宏的手法展现康巴几百年来的历史画卷。小说既有浓郁的藏文化气息，也表现出包容开放的大视野。民族文化是民族文学扎根、枝繁叶茂的土壤；开放视野、理性省视，则是文学创作拓展深广度的必须。不同文化的交流互动，既有共存互补，也有撞击竞争。在当今多元社会中，"独特性"与"互补性"共存，"差异性"与"沟通性"共存，是一个"道并行，不相悖""和而不同"的世界。① 康巴汉子与东北汉子并存，江南士子与北方男儿同行。当前多元一体格局下的中国，是一个各美其美、美美与共的开放性社会。

本章以亮炯·朗萨与达真两位作家的文学作品为例分析当代藏民形象塑造。二人的作品立足民族文化，体现现实关怀，从个体生命到乡村家园建设再到民族发展以及家国情怀，蕴含浓厚的国家认同意识。从乡村文明再建设的"梁生宝"到美学意义上的"康巴汉子"英雄形象，展现了当代民族作家强烈的民族文化自信。

小　结

通过对康巴作家亮炯·朗萨与达真作品的分析，笔者认

---

① 丹珍草：《藏族当代作家汉语创作论》，吉林出版集团股份有限公司，2015，第5页。

为他们笔下的新一代藏民具有柳青笔下的梁生宝的大公无私的集体主义精神。在历史的追溯中,他们完成了康巴汉子的美学提升。当代藏民形象书写一方面为当代"解构"一切的后现代社会"建构"了"利他、奉献、集体主义"等正能量的精神文明因子与崇高的英雄形象;另一方面康巴汉子形象为当代文学人物画廊增添了新的英雄形象。康巴汉子的英雄传奇的艺术描写也是康巴作家的创新,体现了当代民族文学在"真诚"与"真实"之间的历史差异性书写。

第八章

社会变革中的故乡
——阿来小说研究一

如何正确地对待文化资源的保护，正在成为一个日益严肃的话题。反媚俗化成为民族文化写作者的首要职责，阿来在这方面为民族文学的未来发展起到一个很好的示范作用。

第一节 反媚俗写作与民族文化的表达

西藏位于高原地带，在一定程度上阻隔了人们对它的亲密接触。西藏虽被人们向往，却似遗世独立的佳人长期"在水一方"，故而充满神秘色彩，藏文化也对人们具有无限诱惑力。阿来以手中的笔为人们揭开神秘面纱。藏民族的历史文化是阿来小说魅力的源泉。虽然阿来也被视为藏民族文化的阐释者、传播者甚至代言人，但阿来创作并不刻意渲染奇风异俗，而是以一种祛魅式写作表达地名与世界沟通的可能。

他宣称自己"我是一个用汉语写作的藏族人"，但阿来并不以"藏族作家"为标签来兜售自己的文学作品。阿来自称"命中注定要在汉藏两种语言之间长期流浪，看到两种语言下呈现的不同心灵景观。我想，这肯定是一种奇异的经验"。①在文学写作"流浪"过程中，阿来以"人性"为轴心抵御媚俗化的写作。他认为不管什么民族的文学创作归根结底都是"人"的文学，都是人类情感的表达。

> 这些人是城里人？还是乡下人？还是他这样的异族人？他不知道。表面看来，城里人与乡下人，这个民族跟那个民族的人，并没有太多的不同。他们在这尘世上奔忙，目的与心情都没有两样。是一万个拉加泽里加上一万个刀子脸，如此而已。②

基于此，阿来对于外界猎奇者对藏文化的好奇极度反感。这在小说《空山》中有所反映。小说中那位女博士（象征外界）对机村（象征着藏文化）的一切都很好奇，随时带着录音机、照相机还有笔记本。但是女博士的"好奇"对"我"来说却是一种冒犯，"我"为此感到愤怒。尽管女博士宣称自己对藏文化是友好的，尽管她写的文章有利于促进当地旅游经济的发展。

> 虽然我跟她来自同一个城市，但她还是不自觉地流露出那种没来由的优越感。那种表情，那种意味我并不喜欢。……我能说什么，但是，她当时的那种难以抑制的好奇依然让人感到好像是受到了某种冒犯。③

---

① 阿来:《阿坝阿来》，中国工人出版社，2004，扉页。
② 阿来:《空山》，人民文学出版社，2009，第74页。
③ 阿来:《空山》，第243、253页。

阿来拒绝外界的窥视，拒绝为迁就市场而进行媚俗化写作，于是，他选择以"人性"为自己的表现对象，由此展开民族话语的表达。

阿来的写作主要以藏族民间传说故事为素材，常以书写个体命运的方式来写民族文化。阿来从民间视角写一个民族的历史文化，拒绝宏大叙事。"宏大叙事往往会把很多原始的冲动、把童心的天真浪漫泯灭掉。"这里的童心是指一种神话精神，一种抗衡世俗功利的纯审美性活动，阿来的小说《格拉长大》、"机村系列"、"三珍系列"都有对儿童视角的采用。小说借儿童视角还原事件发生时的历史氛围，并发出历史之问。

叙事视角与民间文化之间的联系，是阿来小说创作的特点之一。对此，阿来曾这样表述："我们藏族也有个智者阿古顿巴代表民众的愿望，体现着民间话语。……我认为阿古顿巴这种智慧就是一种民间的十足稚拙风味的智慧。我在一首诗里写过'不是思想的思想，不叫智慧的智慧'，指的就是这种东西。《尘埃落定》里我用土司傻儿子的眼光作为小说叙述的角度，并且拿他作为观照世界的一个标尺。这也许就是受阿古顿巴这种稚拙智慧的影响。"[①] 叙事视角的选择，意味着作者的价值趣向。在以往有关丫鬟与少爷的文学叙述中，我们可以看到丫鬟与少爷的故事被涂上过多的阶级色彩，通常为少爷霸占丫鬟，丫鬟的仇恨深似大海；或者少爷以"爱"的名义始乱终弃，于是一段复仇故事开始，且人物被符号化，

---

① 阿来：《月光下的银匠》，长江文艺出版社，1999，第 373 页。

丫鬟（被压迫阶级）终于推翻少爷做了主人。但《尘埃落定》从傻子少爷的视角书写一段跌宕起伏的历史，其中主仆的情爱关系避开了以往常有的阶级视野。傻子少爷与两位侍女的情爱关系展示为纯粹男人和女人的关系。傻子少爷的童子之身是被贴身侍女卓玛结束的。卓玛并没有因为与傻子少爷的肉体关系而感到屈辱，而是充满羞涩与喜悦之情，两人之间的那种暧昧多年之后依然存在。很多年后，当傻子少爷看见卓玛的丈夫孤独离去的背影，依然能感觉到自己多年前感受到的痛苦："银匠转过身去，我从他身上看到了孤独和痛苦。……望着他远去的背影，我又尝到了他当初吸引了我的贴身侍女时，口里的苦味和心上的痛苦。"① 傻子少爷的第二个贴身侍女塔娜也曾侍寝，两人之间是纯粹的肉体关系，即便少爷已经迎娶了土司之女为妻，塔娜还念念不忘希望有朝一日能再回少爷身边侍候。男女情爱关系已经不再囿于革命话语，而是回归到人性本身。

小说因为是以"傻子"的视角叙述故事，所以去掉了道德审判，直抵人性本身。小说围绕人性弱点展示麦其土司家族的终结。傻子少爷作为一个男人同样"好色"，喜爱美女。不管以什么样的方式，抢还是骗都可以，只要"抱得美人归"。塔娜（茸贡土司之女）是西藏几百年才出一个的美女，有倾国倾城之貌。傻子少爷对她倾心不已，利用罂粟造成的大饥荒迫使茸贡土司将女儿塔娜嫁给自己。尽管妻子塔娜出轨背叛，傻子少爷还是原谅了她。男人可以为美色而疯狂，

---

① 阿来：《尘埃落定》，人民文学出版社，2003，第378页。

但是很少能为爱情坚守，更不用说涉及"男人的面子"。因为"面子"，傻子少爷抛弃了塔娜，不是因为塔娜背叛了他，而是因为塔娜被其他男人抛弃了："塔娜被汪波土司放在情欲的大火里猛烧一通，又被抛弃了。要是一个东西人人都想要，我也想要，要是什么东西别人都不要，我也就不想要了。女人也是一样，哪怕她是天下最美丽的女人，哪怕以后我再也见不到这样美丽的女人。让她一个人待在那屋子里慢慢老去吧。"① 传统叙事会依照道德伦理观治塔娜"淫乱"之罪，但在这部小说里展现的却是男性的残忍、虚荣。老麦其土司更是集人性诸多弱点于一身——好色纵欲、贪婪自私。贪婪是人性恶的根源，导致老麦其土司杀掉自己最忠诚的手下，并招来永远的仇家。"查查是所有头人里最忠诚的一个。而且，这也不是一代两代的事了。他就是不该有这么漂亮的老婆，同时，她不该拥有那么多的银子，叫土司见了晚上睡不着觉。……想到这些，土司禁不住为人性中难得的满足的贪欲叹了一口气。"② 老麦其土司与三太太央宗之间赤裸裸的欲望书写消解了传统的道德审判，央宗也不再是传统受害者的形象："平稳而深长的呼吸中，她身上撩人心扉的野兽般的气息四处弥散，不断地刺激着男人的欲望。土司知道自己作为一个男人，这一阵疯狂过去，就什么也不会有了。他当然会抓紧这最后的时光。他要把女人叫醒，到最疯狂的浪谷中去

---

① 阿来：《尘埃落定》，第375页。
② 阿来：《尘埃落定》，第58页。

飘荡。"① 情欲是一团火焰，燃烧着欲望中的男女，也燃烧着土司的官寨，更烧毁了麦其家族（麦其家的两个儿子都死在查查头人儿子复仇的刀下）。人性之弱点——贪婪，不仅包含对金钱的占有欲，还有对权力的渴望。这种对权力的渴望足可以消泯亲情。老麦其土司担心傻儿子回官寨抢夺土司之位，拒绝儿子回家；美丽的塔娜也因为同样的理由被母亲茸贡土司拒绝。权力隔绝着父子之情、母女之情，让两个年轻人只能待在自己建立的领地小镇上。纵然是一个傻子，少爷也念念不忘土司之位，由此揭示人性中贪婪的牢固性。贪婪，最终导致麦其土司家族的终结。

也许部分读者怀着猎奇的心理欲对土司瓦解的历史过程一探究竟，并从中发现藏文化的密码，但是阿来的反媚俗化写作——以"人性"书写表达民族话语，拒绝了强加于"少数民族作家"的风俗展览式写作，当然也拒绝了外来者的窥探。《尘埃落定》让读者看到人类共有之特性——爱恨情仇：傻子少爷无奈的爱情，聪明哥哥好战勇猛又胆怯，老麦其土司的贪婪……由兄弟之情、父子之情与男女之情建构的生命景观让历史浪潮与人情交织混杂。小说中的一系列女性形象各具特色：老麦其土司二太太的美艳与无奈、三太太的妖艳与无助、傻子少爷之妻塔娜的绝世容姿与悲剧命运、一声叹息的奴隶卓玛、怀抱珠宝箱等死的侍女塔娜。她们构成当代文坛不可多得的系列女性形象，血肉丰满地站在历史长河中讲述着西藏那段惊心动魄的往事。

---

① 阿来：《尘埃落定》，第58页。

《尘埃落定》描写在大历史变动时期人性的日常性表现以及对历史变动的影响力。这种以人性为轴心展开的地方历史书写,展现了人类普遍的情感,从而超越时空,与读者产生共鸣。中外文学经典大多如此,例如紫式部的《源氏物语》、村上春树的《挪威的森林》等,它们写出了人的共性,真实细腻地描写了男女之间情思的变动——微妙细小却顽强地直达内心深处。"我爱过直子,如今仍同样爱她。但我同绿子之间存在的东西带有某种决定性,在她面前我感到一股难以抗拒的力量,并且恍惚觉得自己势必随波逐流,被迅速冲往遥远的前方。在直子身上,我感到的是娴静典雅而澄澈莹洁的爱,而绿子方面则截然相反——它是站立着的,在行走在呼吸在跳动,在摇撼我的身心。"[1] 再如《战争与和平》《复活》《安娜·卡列尼娜》《飘》等,它们让读者感动的都是穿透人心的人性表达。聚焦人性是阿来小说创作的叙事策略,以此抵抗以奇风异俗迎合猎奇心理的媚俗写作现象。

第二节 现代化中的人与地理

阿来的反媚俗化还表现在对故乡的书写。他拒绝将自己的小说写成奇异的乡土志,认为文学之重要在于写出人生况味,写出生命的坚韧和情感的深厚。[2] 这类写作拒绝"看客"

---

[1] 村上春树:《挪威的森林》,林少华译,上海译文出版社,1987,第326页。
[2] 阿来:《河上柏影》:人民文学出版社,2016,"序"《文学更重要之点在人生况味》。

们的想象视野,拒绝牧歌式的田园写作,以深刻的自审意识写出现代文明中的人性变异。尽管阿来拒绝牧歌式写作,但是强烈深沉的故乡情还是不自觉地显露在纸上。

> 我出生在这片构成大地阶梯的群山中间,并在那里生活、成长,直到36岁时,方才离开。所以选择这个时候离开……我相信,只有在这个时候,这片大地所赋予我的一切最重要的地方,不会因为将来纷纭多变的生活而有所改变。有时候,离开是一种更本质意义上的切近与归来。①

阿来与前辈沈从文一样选择了逆潮流而行的文学创作之路。沈从文所处的时代,是一个启蒙与革命话语并进的时代:对于启蒙者而言,乡村文学的主流是批判封建礼教对人性的摧残以及大众的愚昧,西方现代文明则成为救赎的力量;对于革命者而言,乡村居住着一大群可以依靠的革命生力军,揭露封建统治阶级的血腥镇压激发农民的反抗成为文学的主旨。沈从文在都市与乡村之间穿梭,他选择以乡村的纯朴对抗都市的虚伪,用人性的善与美构筑出精神意义上的桃花源——湘西世界。中华民族在民国时期经历了无数的刀光剑影,沈从文创造的世外桃源"湘西世界"却抚慰了许多伤痕累累的心灵,其家乡也成为当代文人墨客的梦想之地。

当前提倡保护民族文化生态,尽量保持其原本风貌,这

---

① 阿来:《大地的阶梯》,南海出版社,2008,第7页。

对于民族文化延续发展本来是一件好事,但是由于一些因素使其流于表面化和形式化。一些地方政府为提高财政收入,激活旅游经济,总是试图将当地打造成美丽的香格里拉、梦想的世外桃源,于是一些旅游杂志纷纷撰文描述各地风景如画的"香格里拉"。但纷至沓来的游客,在了解民族风情的同时常常破坏着当地生态环境。一部分作家怀着获取名利的目的也参与其中,以文学的形式宣扬地方民族文化。媚俗化的民族话语表达亵渎了文学,也玷污了质朴的地方民族文化。阿来对此感到愤怒、失望,甚而失语。"我有过这样的经验,一次是乘旅行社的车,陪几个朋友去九寨沟。旅行社是故乡本地的旅行社,但一路上导游所介绍的东西在我感觉都是特别耸人听闻、似是而非的东西。这让人非常愤怒非常失望。……还有一次经历,台湾作家张晓风夫妇到成都。……夫妇俩打开摄像机,让我看一路上拍下的一位自称是藏族的青年导游的表演和解说。看过之后,我只是觉得口舌发干,而无话可说。""现在,我想的是,自己的写作也会不会成为另一种意义上的歪曲。……但我能相信自己的只有一点,就是对阿坝这片土地,这片土地上我的同胞的热爱与责任。"[1]阿来以犀利的笔写出故乡自然生态环境被人为破坏、人性的变异,揭示故乡已不再是精神上的原乡。

在这里,许多无所事事的人,坐在挤在河岸边棚屋小店面前,面对着一条行到这里路面便显得坑坑洼洼的

---

[1] 阿来:《大地的阶梯》,第25、26页。

公路。一到晴天，这样的公路虽然铺了沥青，依然是尘土飞扬。……我希望地球上没有这样的地方，我更希望在故乡的土地上不存在这样的地方。因为每多一个这样的地方，就有一大群人，一大群不能左右自己命运的人，想起这些，就是心中一个永远的创伤。[1]

对故乡审视的描写，让阿来的写作在一定意义上延续了鲁迅的笔法，批判与爱同时在场。阿来笔下的机村从人文到自然生态环境都已经不再美丽。人际关系中，权力异化着友谊，例如拉加泽里与本佳（县长）、达瑟和副省长等。善和美的人性已经被金钱腐蚀。小说通过揭示美好人性的变异阐明"香格里拉"的童话性。小说中善良诚实的拉加泽里在双江口镇修了两年的轮胎，依然一贫如洗。贫穷是可怕的，因为贫穷，他家一直备受歧视；因为贫穷，原本活泼开朗的哥嫂变得或懦弱胆小或充满怨气；因为贫穷，母亲成为一个影子似的存在，得不到尊重和关爱。阿加泽里不愿再忍受一贫如洗的日子，他决定改变。放弃学业与爱情，他来到了双江口镇。但是，比贫穷更可怕的是人性的变异：为了发财，拉加泽里变成了自己最鄙视的那一类人：

> 回到修车店里，他在床头上的镜子里看见自己还挂着一脸笑容，很开心的笑容，含着谄媚之意的笑容。而在此之前，他心里痛恨那些脸上总是挂着这种笑容的

---

[1] 阿来：《从乡村到城市》，《灵魂之舞》，人民文学出版社，2012，第265~266页。

人。……但是,一旦有了一点机会,这种动人的谄媚笑容就浮现在自己脸上了。①

他变成了一个有钱的老板,当然也学会了哀求,失去了一身傲骨。以个体为镜像的"发财梦",众多的"拉加泽里"汇聚在双江口镇,合力铲除了广袤的森林,阿来以冷冷的笔触缓缓向人们呈现这个已经千疮百孔的世界。在现代化的道路上,在物欲的追求中,不存在所谓的世外桃源。

相较于鲁迅创作中故乡的浓厚的灰色调,阿来笔下的故乡多了一些温暖的色调。人性虽然在金钱、权力的侵蚀下呈现变异状态,但阿来仍为人性之鲜活与希望留下了空间。《空山》中拉加泽里坚持独身的根本原因在于难忘初恋,对爱情的执着使亲情缺失的他得到了父爱(初恋情人的父亲崔巴噶瓦一直视拉加泽里为儿子)。机村人以宏大的胸怀接纳了曾经的伤害者——索波;也以无私的爱重建了落魄文人达瑟倒塌的家,让达瑟的两个儿子终于"浪子回头"。机村人被爱情、亲情、友情汇聚在一起,最后被厚重的民族情感凝聚成一个团结的大家庭。"复活了!一个村子就是一个大家的感觉!所以,他们高唱或者低吟,他们眼望着眼,心对着心,肩并着肩,像山风摇晃的树,就那样摇晃着身子,纵情歌唱。"② 时代是前进的,现代文明的到来势不可当。藏文化中的"复仇"观念从《尘埃落定》到《空山》终于停止。这既是人性美的胜利,也是现代文明的胜利。拉加泽里植树造林赢得了机村

---

① 阿来:《空山》,第 62~63 页。
② 阿来:《空山》,第 306 页。

所有人的尊重，包括他的仇家更秋。小说中关于歌曲的描写，更具有象征性。更秋家老五的复仇最终让位于法律，臣服于拉加泽里的人性之美。将机村人凝聚为一个大家庭，让一个村庄"复活"的不是古歌，而是达瑟创作的《雨水落下来》。这预示机村人在迈向现代文明的进程中逐渐抛弃旧时的陋习，一种新的文明形态正在诞生。

在描写这些或恢宏或美丽忧伤的记忆时，阿来力避风俗展览的写作方式，避免"他者"猎奇的眼光，是从"人"的角度写出一个民族的历史文化。阿来没有对故乡做牧歌式的处理，而是直面现实，写出历史发展进程中文明的失落。阿来对此的理解是"暂时的"，是文明过渡时期的一种现象。阿来的创作突破了狭小的个人圈子，关注中国现代化进程中的问题，乃至当代全球现代文明所面临的文化危机。阿来的创作对于当代文坛的启示在于，如何以强健的民族文化自信迎接现代文明。"促成多种文化共生的全球化是时代的需要。这是缓解当前世界文化冲突的重要一环；要达到这一目的，文化自觉是关键，而文学在提高文化自觉方面可以起到很大的作用。无论提升人类精神、拓宽人类同情，还是对自然的敬畏、对他人的关切，这一切都是文学的根本内容和任务所在。"[①]

[①] 乐黛云：《文化自觉与文学研究的新契机》，胡显章、曹莉主编《文明的对话与梦想》，清华大学出版社，2009，第8页。

第九章

时光中的地方图景

——阿来小说研究二

自中国现代文学发生以来,巴蜀作家群在中国文坛发挥着重要的作用。在中国现代文学中,郭沫若因诗歌崛起于文坛;巴金因对中国式"家族"的描写在文学史上具有无可替代的地位;李劼人、沙汀、艾芜等因为对于巴蜀地域文化的描写而为中国现代文坛提供了特别的视野,也具有不可忽视的影响力。在当代中国文坛,少数民族作家的影响力日益增强,四川作家阿来就是这一文学现象的典型代表。

阿来出生于四川西北部阿坝地区的马尔康县。阿来的创作起步于诗歌,之后着力于小说,从《陈年的血迹》《尘埃落定》到"机村系列"再到《云中记》。他的文学作品聚焦四川边地川藏,塑造有着时代共性与地方特性的别样地理文化空间。

阿来的创作中有着"我是谁"与"向何处去"的哲学命题。其作品是"从历史深处走向未来",在历史与现实的对话中,通过缅怀遥远过去的浪漫英雄时代来塑形原乡。阿来并不着意渲染族群文化的伟大性,而是理性剖析其发生、发展过程中的荣光与卑污。深刻的内省是为了能更好地面对未来,正如鲁迅对"国民劣根性"的剖析是基于深深的爱,目的是让古老中国重新焕发生机。阿来对故乡的爱表现为揭示其"病"与"痛",通过"远离",表达对"原乡"的追思,对现代化中的故乡的审视。

第一节　对历史走向的剖析

小说《尘埃落定》、《空山》、《格萨尔王》和《瞻对》显示阿来对文明起源、历史走向的探询。这一系列作品试图通过对历史、文明的考察,解惑"我是谁"的哲学命题。《尘埃落定》表达了对历史发展的"混沌"感。《空山》以具有禅意的"空"表达了执着于尘世的虚无,也借此表达历史的"虚无"。《格萨尔王》是一次历史与现实的对话,以藏族英雄格萨尔王的故事追溯民族文化的起源。《瞻对》体现更深广的历史观察与思考空间,以大量的历史事实为根据描述了一个两百年的康巴传奇,显现出对历史的审慎态度,表达对藏文化的反思。

一部文学作品对叙事视角的选择,在很大程度上决定了该部作品的价值。文学作品中傻子视角的叙事,看似混沌,但混沌之下有一种开放性,即避开既定的价值尺度,以一种近乎原生态的视野去呈现历史图景。阿来的代表作《尘埃落定》以傻子"不谙世情的傻"嘲弄了世人自以为是的"精明"。傻子在萌动中成为时代的弄潮儿——率先开辟了自由贸易的市场,成为当时那个区域最富有的人,是人民心中的英雄,赢得了美人与财富。但是他所拥有的一切如潮水般涌来,又如潮水般退去。不仅个人如此,时代也是如此。《尘埃落定》从傻子的视角写一个时代的终结,写出人们对于历史走向的茫然。土司们相信土司时代具有永恒性,也正因如此,他们执着于彼此之间的爱恨情仇。他们不明白何为国民党,何为共产党,他们的选择与信仰、价值观没有直接联系。

春天一到,解放军就用炸药隆隆地放炮,为汽车和大炮炸开的宽阔大路向土司们的领地挺进了。土司们有的准备跟共产党打,有的人准备投降。我的朋友拉雪巴土司是投降的一派。听说他派去跟共产党接头的人给他带回了一身解放军衣服,一张封他为什么司令的委任状。茸贡女土司散去积聚的钱财,买枪买炮,要跟共产党大干一场。传来的消息都说,这个女人仿佛又变年轻了。最有意思的是汪波土司,他说不知道共产党是什么,也不知道共产党会把他怎么样,他只知道自己绝对不能跟麦其家的人站在一起。也就是说,我要是抵抗共产党他就投降,要是我投降,那他就反抗。①

土司尚且如此,没有接受过文化教育的农奴就更不用说了。他们很多人一生都没有走出过所属土司的管辖领地,不明白什么是现代国家;没有接受过思想启蒙洗礼的他们,更不知为何要追求"自由、民主与人的主体意识"。正如鲁迅在《风波》等小说中展示的,底层大众无法明白辛亥革命追求的"自由、民主"是什么。他们的茫然与混沌消解了革命的目的

---

① 阿来:《尘埃落定》,第 386 页。

性,例如小说《尘埃落定》中女奴塔娜在临死前唯一的坚守是抱着一箱珠宝,奴隶为奴隶主被抓而流泪等。这样的叙事也不同于传统的写法。《尘埃落定》中傻子视角的选择,实际上是以民间叙事代替庙堂叙事,规避了宏大叙事可能对历史真实的遮蔽。[①] 小说揭示人们在混沌状态中被历史潮流驱赶向前。

如果说《尘埃落定》显示了在历史潮流裹挟中人们的混沌状态,那么在《空山》中,处于当代社会的人们由于见多识广而精明无比,但是这种"精明"被用于"尘世",执着于"金钱",最后只能是一场"空"。《空山》从个人到历史都呈现一种虚无状态。小说中优秀青年拉加泽里为改变贫穷的命运历经磨难,失去爱情、学业与人的尊严,并一度入狱,失去美好青春年华十二载,最终实现了财富梦想,成为当地人人羡慕的有钱人。但他到了最后,也是一无所有,感受不到亲情,收获不到爱情。他为赎罪倾其所有植树造林(明知道那没有一点回报)。那承载他梦想的曾经繁华的双江口镇也随风而逝。聚集了人们尘世梦想的双江口镇,曾经那么生机勃勃,汇集四面八方各种人,上演着一幕幕人间悲喜剧。

[①] "我们藏族也有个智者阿古顿巴代表民众的愿望,体现着民间话语。……我认为阿古顿巴这种智慧就是一种民间的十足稚拙风味的智慧。我在一首诗里写过'不是思想的思想,不叫智慧的智慧',指的就是这种东西。《尘埃落定》里我用土司傻儿子的眼光作为小说叙述的角度,并且拿他作为观照世界的一个标尺。这也许就是受阿古顿巴这种稚拙智慧的影响。"参见阿来《月光下的银匠》,第373页。

只是，那个曾经的镇子已经消失得干干净净。……一时间，他有些恍惚，不知道是十二年的时间真把所有东西消灭得这么干净，还是根本就没有过十二年前那段时光。但他分明看到，十二年前那个镇子，当载满木材的卡车驶过时，立即就尘土飞扬。现在，野绿四合，轻风过处，阳光在树丛和草地上闪烁不定，清脆悠远的鸟鸣在山间回荡。……拉加泽里在淹没了双江口镇的荒草中穿行累了，重新回到路边。他有点激动，却远没有想象中那种程度。他背倚着一株树坐下来，闭上眼睛，就想起镇上那些人。警察老王，失忆的罗尔依，验关员本佳，降雨人，当然还有茶馆的李老板。想起这些，他好像听到一声深沉的叹息。他睁开眼睛，除了亮晃晃的阳光，什么都没有看见。①

小说最后关于机村的消失更是具有象征意义。当机村人为了重现昔日色嫫措湖泊而施工时，发现了三千年前的村庄遗址，被静静地埋葬在深土里。这似乎也预示着机村的未来，所有的一切都会烟消云散。拉加泽里看到即将消失在夜色里的村庄，"他感觉自己就是一堆尘埃，光线射来，是一股风，正将这堆尘埃一点点吹散"。② 人们的爱恨情仇都如风而逝。"雪落无声。淹去了山林、村庄，只在模糊视线尽头留下几脉山峰隐约的影子，仿佛天地之间，从来如此，就是如此寂静

---

① 阿来：《空山》，第149、151页。
② 阿来：《空山》，第301页。

的一座空山。"①

阿来深沉的乡情散落在不同的创作中。"复活了!一个村子就是大家的感觉!所以,他们高唱或者低吟,他们眼望着眼,心对着心,肩并着肩,像山风摇晃的树,就那样摇晃着身子,纵情歌唱。……当一个人站起来,众人都站起来;当一个人走在前面,所有人都相随而来;当一个人伸出手,所有人都伸出手,歌唱着,踏着古老舞步,在月光下穿行于这个即将消失的村庄。"② 这是阿来此后《格萨尔王》问世的预兆。

藏文化素有英雄崇拜情结,无论地位尊卑,勇敢的男子总是能获得人们的尊敬。例如《月光下的银匠》中主人公银匠达泽因其精湛的手艺被少土司嫉恨。"少土司宣布说,银匠达泽获得了第一名。……人们散去时,少土司说,看看吧,太多的美与仁慈会使这些人忘了自己的身份。管家问,我们该把银匠怎么办呢?少土司说,他成了老百姓心中的神仙,那就没有再活的道理。"③ 少土司担心达泽夺去他在老百姓心中神一样的地位,设计夺去达泽的被匠人们视为生命的双手。但是达泽在精神上战胜了拥有至高权威的少土司,一直被人民缅怀。银匠跳河自杀后,"少土司说:'大家看见了,这个人太骄傲。他自己死了。我是不要他去死的。可他自己去死了。大家看见了吗?!'沉默的人群更加沉默了。少土司

---

① 阿来:《空山》,第 308 页。
② 阿来:《空山》,第 306 页。
③ 阿来:《月光下的银匠》,《灵魂之舞》,人民文学出版社,2012,第 81 页。

又说：'本来罪犯的女人也就是罪犯，但我连她也饶恕了！'……后来，少土司就给人干掉了。到举行葬礼时也没有找到双手。……后来流传的银匠的故事，都不说他的死亡，而只是说他坐着自己锻造出来的月亮升到天上去了"。① 再如，《格拉长大》的主人公是一个备受歧视的私生子，但是为救小伙伴与母亲而勇战饥饿的熊，其勇敢与机智获得了全村人的尊重。"村里的男人们把熊皮绷开钉在木板上，让杀死他的人躺在上面。"② 对民族文化的难以割舍，使作者试图在英雄时代里找到文化得以延续的凭据。小说《格萨尔王》的面世是阿来探寻文化源头的尝试，寄予了作者浓厚的民族情感。生于乱世的格萨尔凭借其勇猛获得岭国的统治地位，并征服了周围大大小小的王国，成为独霸一方的王。但是格萨尔成就伟业之后并不贪恋人世间的荣华富贵，而是升天而去。阿来小说中的英雄书写，是其精神原乡塑造的重要途径，呈现出浪漫美学的地方图景。

历史文明的探源，并不能让时光重来，恰如"逝者如斯夫，不舍昼夜"。这正如阿来的短篇小说《红狐》《末世土司》里猎人时代的远去。"而在今天，随着森林的消失，猎枪已经日渐成为一种装饰，一种越来越模糊的回忆了。"③ 生活于当下的阿来并没有沉湎于回忆，而是直面现实。蛮勇的英雄时代已成遥远的历史记忆：

---

① 阿来：《月光下的银匠》，《灵魂之舞》，第84页。
② 阿来：《灵魂之舞》，第146页。
③ 阿来：《末世土司》，《灵魂之舞》，人民文学出版社，2012，第246页。

如果说，过去那些有关屠杀与集体暴行的故事还带着一些悲壮激情与英雄气概的话，现代演绎的暴力故事却只与酒精和钱财有关。……当我远望沃日土司官寨的碉楼的隐约的身影时心里那因为怀旧而泛起的诗情已经荡然无存。①

长篇纪实小说《瞻对》是作者对当代藏文化进行一次理性的思索，通过打捞岁月的沉淀，梳理文化脉络。立足历史，看待当下文明，成为《瞻对》首要意义所在。"纪实"的描写方式表明作者放弃文学早期采用的想象、虚构方式，直面历史真实。阿来在缅怀历史时感觉一种难以描述的无力状态：

可是，今天，当我到达沃日的时候，历史老人第一次把背朝向了我。而在过去我总是认为，对于一个写作者，历史总会有某种方式，向我转过脸来，让我看见，让我触摸，让我对过去的时代，过去的生活建立一种真实的感觉。这种资源一直都是我最宝贵的写作资源，但是，今天，唉！我觉得无力描述所有的观感。②

当面对历史深感描述的无力状态之际，阿来再度将眼光放置于现实，挖掘现实人生的温暖人性，以抵抗历史的虚无混沌。他在《河上柏影》、《蘑菇圈》和《三只虫草》中通过表现涉藏地区生态在现代洪流之中遭遇的保护与破坏之博

---

① 阿来：《沃日土司传奇》，《灵魂之舞》，第235页。
② 阿来：《沃日土司传奇》，《灵魂之舞》，第235页。

弈，在表现生命之厄运同时，更在意突出温暖人性。《蘑菇圈》中养蘑菇的阿妈斯炯，《河上柏影》中已近中年的研究生王泽周，《三只虫草》中被自治州重点中学录取的桑吉，他们代表了拜物教狂潮之下的清流，他们敬畏自然，是生态保护的希望。阿来或许是有意为之，这三部小说中代表生态保护力量的阿妈斯炯、王泽周、桑吉的年纪按照老中青梯队构成，这样的安排意味着希望。阿来，是一位具有深度批判精神的作家，他对历史与当下一直保持谨慎的质疑。他在小说《河上柏影》中通过一棵千年古树的被砍伐来解构历史、批判现实。这棵树历史上被誉为神树，据说是不能轻易触碰猥亵的，"神树正在被肢解，被切割，但什么事情都没有发生。……仅仅一个多小时，那棵树就只剩下半截树身，不挂一枝、一箬一叶，在天底下矗立着"。[①] 批判与肯定的同步呈现，是阿来小说力求客观反映世界的创作企图，突出一个真实的世界。

如果说挖掘人性之温暖是为抵抗"虚无"，那么汶川大地震的"大灾""大爱"让阿来本身"被温暖"，这表现在他的小说《云中记》所传达出与历史现实的"和解"之意。地质专家说云中村坐落在一个巨大的滑坡体上，最终会从一千多米的高处滑落下来，坠入岷江。云中村人们在科学与神面前，对科学的抗拒是显而易见的。为避免灾难再次发生，基层干部仁钦一家一家走访，劝说村民要相信国家、相信党，相信科学，尽快搬迁，但是村民回复"国家好我们知道，党好我

---

① 阿来：《河上柏影》，人民文学出版社，2016，第 197 页。

们知道。你那个科学我们不知道"。① 无奈之下，仁钦只好请出自家舅舅阿巴（传统神职人员），希望利用村民对神的敬畏迁离云中村。小说对作为非物质文化遗产传承人的阿巴，在善意的微讽中传递了更多的理解同情、爱和尊重；在批判当下商业热潮的同时，也肯定了人们的生存需求；在嘲讽功利性表演之际，也表现了国家对灾民的深切爱护以及基层干部为村民的努力付出。阿来系列小说对历史与现实的情感从犀利批判，到同情理解，表现了阿来的深广的族群之爱、国家之爱。

由"混沌"到"虚无"，到对英雄时代的缅怀，再走向历史的纪实性描写，最后走向现实的温暖人性，阿来小说对历史走向的书写，表达了作者对"我是谁"的追问，对精神故乡的追寻。这正如阿来在谈及《尘埃落定》时所言："所以，这部小说，是我作为一个原乡人在精神上寻求真正故乡的一种努力。"② 历史记载了文明的起源、发展，所以探究历史的实质是为了站在文明的源头来思考现在与未来。阿来的小说专注于时光中的地方图景，其现实意义在于，在现代文明中追问"我是谁"，以及对"向何处去"的哲学思考。

第二节 文化视域下的自我审视

阿来潜入民族文化记忆的河流，发现更多的不是浪漫英雄史诗，而是人性的卑劣。他对故乡的书写，不再是沈从文

---

① 阿来：《云中记》，北京十月出版社，2019，第 36 页。
② 阿来：《落不定的尘埃》，《灵魂之舞》，人民文学出版社，2012，第 276 页。

的"桃花源"式的乌托邦书写，而是鲁迅深刻剖析式的写作——揭示故乡的"病"与"痛"。

阿来文学创作本是为了寻求精神上的原乡，但是随着深入历史以及感受当代文明带来的困惑，阿来文本中的批判意识逐渐加强。其作品以人性为核心，批判指向各个层面，土司阶层成为批判的首要对象。西藏在1951年以前处于蒙昧落后的封建农奴制时代。漫长的封建农奴时期，最能代表藏文化的无疑是以土司、喇嘛为代表的阶层，尤其是掌握实权的土司。

> 藏族文化，和任何一个民族的文化一样，就其主流而言，是劳动人民通过长期的社会生产实践，不断创造和积累的物质财富和精神财富，它应该属于劳动人民。但是，在各民族的文化发展史上，统治阶级的意志，往往被强加于民族文化之上。统治阶级竭力使民族文化反映统治阶级的意向，符合统治阶级的利益。藏族文化被统治阶级着色、篡改以至掠夺的事例，是众所周知的。另外，民族文化作为一定社会的意识形态，它必然要受到它所依附的经济基础的规定和制约。……藏族文化也不例外……①

阿来笔下的土司，较少出现光辉的形象，而是被掀开伪善的外衣，被揭示灵魂深处的卑污一面。土司时代有律法制度，这代表一种文明与进步。但是阿来却以幽默的笔触消解

---

① 王辅仁：《关于藏族形成和发展的几个问题》，载《民族·宗教·历史·文化》，中央民族学院出版社，1993，第63页。

律法的庄严性，指出其本质只是为维护土司一族的权力。土司的律法惩处对象仅指向奴隶而非土司自身。《行刑人尔依·土司时代》以诙谐的方式写一位土司在与女人睡觉后突发奇想地制定出一条维护道德伦理的"庄严"律法。

> 土司正在和一个女人睡觉——对于土司，不要问他睡的是自己的女人还是别人的女人——就是这个时候，他想起了一条律法，拍拍手掌，下人闻声进来站在床前。土司一边穿衣服，一边说，叫书记官来。书记官叫来了，土司说，数一下，本子上有好多条料，好家伙，都有二十多条了，我这个脑壳啊。再记一条，与人通奸者，女人用牛血凝固头发，杀自己家里的牛，男人嘛，到土司官寨支差一个月。①

对于土司而言，通奸者杀自家的牛，不会伤及土司的财产，男人到官寨支差还可以免费提供劳动力。阿来不置一词，但是对土司及其律法的嘲讽尽在文中显露，例如《月光下的银匠》中的少土司。又如《尘埃落定》中对爱情不忠、贪婪无知的老麦其土司，他强抢手下查查头人之妻为麦其家族的毁灭埋下祸根；无知的他不知鸦片为何物，为满足对金钱的贪欲而遍种罂粟，不仅导致三太太流产失去亲生骨肉，而且导致当地一场史无前例的大饥荒；荒淫无能的他不仅不能保护心爱的女人（美丽的三太太），还任其在官寨里像幽灵一样

---

① 阿来：《行刑人尔依·土司时代》，《月光下的银匠》，长江文艺出版社，1999，第 222 页。

自生自灭；面对大儿子与傻儿子之妻的不伦关系，他睁一只眼闭一只眼，全然不顾小儿子的内心感受。爱情、亲情、友情对于老麦其土司而言都是无足轻重的，唯有权力、金钱是他关注的核心；小说以老麦其土司施行的种种酷刑，揭示其残忍无道的一面。小说对老麦其土司的书写消解了人们对于遥远土司时代的浪漫想象。《瞻对》揭示土司们的战争并不具有光辉的正义性，战争都是为了财产的争夺、领土的扩张，因此不具有浪漫的英雄情怀，而只是充满血雨腥风的残忍。

纵然在探寻历史文明源头发现了如此伤痕累累的记忆，但对故乡的爱、对民族文化的眷恋也促使阿来在文明之旅中找寻祖先光荣的足迹。《格萨尔王》的问世便是阿来对遥远时代的礼赞。如果说这部小说是阿来对精神原乡最浓墨重彩的一次缅怀，那么这次记忆带来的却是面对当前文化生态更深的失落，甚至是心灵中"永远的创伤"。[1] 这正如《河上柏影》中那棵被砍伐的古树所传达的不仅是当代人的欲望洪流，还隐喻着传统文化的断裂。

阿来在作品中展现当代知识分子在文化寻根过程中人在此而意在彼的"肉体与灵魂分离"之"悬浮"状态，由此作为"我向何处去"的回答。"无根"的飘浮感是现代文明形成过程中知识分子共有的生命体验。鲁迅那一代知识分子在东西文明撞击中，难以在古老东方文明中找到"灵魂栖息地"，故而构成"离去—归来—再离去"的故乡情怀。阿来在

---

[1] 阿来：《从乡村到城市》，《灵魂之舞》，人民文学出版社，2012，第265~266页。

探询文明发展过程中，同样产生了这种故乡情结。回到故乡，纵然景色依旧，但是故乡的人已经不再熟悉。地理意义上的故乡已经不能成为精神意义上的故乡。

> 最是秋天的山坡让人记忆久远。那满坡的白桦的黄叶，在一年四季最为澄明的阳光照射下，在我心中留下了这世间最为亮丽与透明的心情与遐想，现在，我回来了，正是翠绿照眼的夏天。一切还是原来的样子。如果有一点的变化，那就是街上的人流显得陌生了，因为很多很多的朋友，也像我一样选择了离开。如果你在一个地方没有了亲人和朋友，即便这个地方就是你的家乡，也会在心理上成为一个陌生的地方。……人群在我眼里变得陌生了，但整个人流中散发出来的那种略显迟缓的调子却是熟悉的。这是一种容易让青年人失去的调子，是一个健康的社会应该摒弃的调子。①

所以，像阿来这样的知识分子多选择了"离乡"——离开家乡不是"不爱"，不是"抛弃"，只是为了保存对故乡的"美好记忆"，保留对故乡的"爱"。

> 现在，总是遇到很多人问我一个问题，那就是作为一个对本地文化与本族生活有过很好表现的作家，为什么最终却要选择离开。……答案非常简单，不是离开，是逃避。对于我亲爱的嘉绒，对于生我养我的嘉绒，我

---

① 阿来：《从乡村到城市》，《灵魂之舞》，第268页。

唯一能做的就是保存更多美好的记忆。①

阿来小说中故乡情感的"漂泊"映射出当代众多知识分子的"漂泊"。在西方文化强势地席卷全球之际，无数非西方学者与文人企图在传统文化那里寻求力量以抵御西方文化的入侵，但是发现"精神原乡"已经被污染破坏，于是选择离开。但"离开"带来的"悬浮"状态却让"无根"的痛楚深深袭击着心灵。"它既表现了中国现代知识分子与'乡土中国''在'而'不属于'的关系，更揭示了人在'飞向远方、高空'与'落脚于大地'之间选择的困惑，以及与之相联系的'冲决与回归'、'躁动于安宁'、'巨变与稳定'、'创新与守旧'……两极间摇摆的生存困境。"② 阿来的生活时代与鲁迅生活的时代毕竟不同。当代中国虽然在改革过程中遭遇各种问题，但"一个正在崛起中的大国"是不争的事实。"在一种形态到另一种形态的过渡时期，社会总是显得卑俗；从一种文明过渡到另一种文明，人心猥琐而浑浊。"③ 正如《空山》中机村人对于即将消失的故乡没有沉溺于悲伤之中，而是手拉手团结起来。这预示一个新的时代即将出现，象征希望与未来。《云中记》中，灾难过去人们依然延续着昨日的生活。阿来对故乡的质疑与批判，正是"爱"的体现，正如他在《云中记》中借仁钦之口所表达，"谁不爱自己的故乡呢！"

---

① 阿来：《沃日土司传奇》，《灵魂之舞》，第235页。
② 钱理群、温儒敏、吴福辉：《中国现代文学三十年》（修订本），北京大学出版社，1998，第43页。
③ 阿来：《落不定的尘埃》，《灵魂之舞》，第276页。

附录一

文化地理视野下的历史忧伤[*]

——央珍小说《无性别的神》

西藏庄园制度起源于明朝时期。杰哇仁波切(西藏帕竹政权创始人)在中央王朝支持下拥有寺属土地并建立服务于世俗行政的庄园,世俗庄园制度扩张了贵族权利。[①] 庄园制度与土司制度构成西藏地区行政管理的两大主要方式。正如土司制度在历史中的兴起、式微,曾经占据西藏历史中央舞台的庄园制度亦在历史前进的洪流中退场,但是了解西藏庄园时代的历史已然成为获知西藏文化从何处而来的一个必经之路。

历史存在物被时间长廊阻隔后,被后世文明以不同形式言说,或以文献史料,或以绘画建筑,或以音乐歌谣等艺术形式。较之于文献记载等其他艺术形式,历史在文学文本中的表达更具生命力,让历史既是历史也是当下史。以海派文化为例,20世纪30年代上海"新感觉派"作家们以跑马场、咖啡厅、夜总会和狐步舞等意象写出城市文明对人的挤

---

[*] 曾以"历史的忧伤——央珍小说《无性别的神》研究"为题发表在《阿来研究》2018年第1期。收入本书时有删改。

[①] 次仁央宗:《西藏贵族世家:1900—1952》,中国藏学出版社,2012,第16页。

压，而时至 90 年代，曾被新感觉派作家们批判的对象在"上海怀旧热潮"文学作品中被追忆缅怀，咖啡、旗袍和狐步舞成为上海"黄金时代"的符号。前者的"城市幻灭"表达对殖民文化的抵抗，后者的"怀旧热"是市场经济语境下的小资情怀或者潜意识的物欲表达。再以贵族文化的文学表现为例，张爱玲对没落贵族的文学表现、对人性苍凉的犀利剖析，与当代人对贵族文化的期待形成对比。文学表现伴随时代迁移而流变，前者显示出没落贵族阶层世界末日的"凄凉"，后者体现出经济崛起的张扬与对贵族文明的"向往"。历史的文学书写，不仅蕴含作家个人主观情怀更有时代文化的折射。这说明历史文学化既是历史的"再现"，亦是历史的"表现"。历史被文学化后蕴含着当代文明的历史诉求与文化反思。

当代藏文学对历史的追忆性书写表现了作家或喜悦或忧伤的历史情思。西藏，静静站立在地球一端，见证历史风云变迁。在"新""旧"社会两重天的历史进化论文学书写中，西藏从"苦难的边地"形象到喜获新生的"凤凰涅槃"，以降边嘉措小说《格桑梅朵》为代表。在后现代语境中西藏形象的"神性"压倒"物性"，成为救赎的"天堂"所在。如何认识地区形象嬗变，有必要追溯历史，因为追溯历史是为获得对自我的认知。文学对历史的回溯想象，以"历史的忧伤"表达时代认同，例如，益西旦增小说《幸存的人》和格央小说《让爱慢慢永恒》；以浓烈的宗教情怀表达人文关切与对理想境界的追寻，例如次仁罗布的《祭语风中》。当代文明在现代化进程中遭遇"生态和人文"困境，对历史的追忆融入文明反思,例如"新历史"小说从日常叙事进入历史内部,拒绝传统宏大叙事与直线历史进化论观,关注人性,以阿来小说《尘埃落定》为代表。

同样表现西藏庄园文化,不同于次仁罗布小说以宗教情怀为救赎,也不同于格央小说的浪漫婉约,或降边嘉措与益希单增小说的二元叙事,央珍小说从日常叙事进入历史,建构西藏庄园时代的文化地理。央珍小说《无性别的神》从庄园文化的崩溃展现区域、族群如何突围历史栅栏,走向现代。《无性别的神》以20世纪初至中叶西藏庄园为书写对象,从文化、身份、权利、生态、历史和宗教等不同地理景观多维度展现西藏庄园时代人文地理的多样性和复杂性,呈现了那一段历史的民族志。小说以贵族之家的分崩离析寓意一个时代的结束。这部可以称之为"成长"题材的小说表现主人公央吉卓玛从"贵族"、"伪贵族"到"叛逆者"的自我嬗变。身份认同的背后指向文化认同、历史认同和社会认同,小说从文化人类学角度揭示区域族群的身份认同与政治文化之间的联系。笔者以人文地理视角从人情地理、历史地理、生态地理、身份地理、权力地理和宗教地理分析庄园社会的政治经济、宗教伦理,从历史文化学角度阐释20世纪初至中叶西藏庄园如何走向分崩离析的历史;以阶级、文化和性别意识等多维度视野梳理庄园时代的众生相,分析庄园文化对人尤其是女性的戕害。小说通过描写贵族的分化,或幻灭或堕落或新生,揭示西藏庄园文化结局的必然性。《无性的神》对"贵族之家"的描写基于西藏独有的区域、族群文化特点,其对"家"深刻剖析所展示的深广意义又使之超越区域族群,从而具有了普遍性意义，从中可以感受到巴尔扎克《人间喜剧》中金钱对人性的异化，曹雪芹《红楼梦》中贵族之家的倾塌，巴金《家》中叛逆者对家的突围。

第一节　人与地理的认同

《无性别的神》以描绘文化地理的手法呈现 20 世纪初至中叶西藏庄园的民族志。小说开篇即指出主人公央吉卓玛居住环境的转移，从外祖母府邸回到德康庄园，预示其飘荡不定的成长历程。央吉卓玛辗转经历德康庄园、帕鲁庄园、贝西庄园、寺庙等几个不同的生活空间。佛家有言曰，看山看水在于看山水人的心境，佛语暗含栖居人的主体性。地理空间的转移，于她而言，并不是旅游观光时的闲暇，而是生命成长、身份转移的见证。栖居于不同的地理空间，有着不同的生命体验。

存在即被感知，风景地理既是一个客观性存在又是一个意向性客体。作为意向性客体的地理环境投射了主人公的情感色彩。地理环境的客观性与人的主观性形成"地理"与"人"的"认同或非认同"，例如，央吉卓玛与帕鲁庄园的"认同"与"逃离"关系；她与贝西庄园游离在"认同"与"非认同"之间。

在帕鲁庄园，人与地理空间由陌生排斥到接受认同再到逃离。这里环境并不优美甚至阴暗恐怖，但阿叔的温情冲淡了不美好。央吉卓玛在帕鲁庄园居住三个多月，便恢复到父亲（德康老爷）在世时任性、快乐和淘气的性格。因为阿叔

的爱，亲情体验让央吉卓玛在帕鲁庄园感受到来自记忆深处的血脉之根。认祖归宗是此时段帕鲁庄园亲情地理的表征

帕鲁庄园的温情随着阿叔的去世而离去。没有亲人的"故乡"成为没有情感归属的"他乡"，主人公地理空间视域发生位移，人与地理之间从"拒绝认同"到"逃离"。广袤的土地没有浪漫的牧歌情怀而是处处残缺、破败。"庄楼南面，一片广阔的庄稼地上，仿佛农奴身上斑斑驳驳的破袍子，到处都是一处处乌青的缺口。"① 央吉卓玛心境如秋天般萧瑟、悲凉，对帕鲁庄园的一切感到厌倦、痛恨、恐惧、冰冷，忧郁、孤独的氛围包围着她："她生怕自己任何一种叫声都会引起厌恶、讥讽的目光，都会引出满屋子的鬼怪或者幽灵。"② 曾经高高在上的贵族小姐，沦为一个如此卑微、惊惶的可怜人。

  一个歪着身子的稻草人立在田中，一身的破烂和空袖子飘飘拂拂的，天上的秋云又给地上的一切罩上一层灰黄色，这使央吉卓玛感到心中更加悲戚和恐惧，于是她飘摇着一头干草的乱发，一步一回头地朝庄楼走去。最后，她把瘦骨嶙峋的背脊抵靠在防畜栏上，用一双干涩充满泪痕的眼睛盯住西方：一条消失在两座重叠山腰间的灰色小道。慢慢，央吉卓玛的双眼发出一丝亮光，她相信，那是昨晚那两户人家逃出庄园的道路，也是由庄园通向外面的唯一山道。③

---

① 央珍：《无性别的神》，中国青年出版社，1994，第87页。
② 央珍：《无性别的神》，第108页。
③ 央珍：《无性别的神》，第103页。

破败的"稻草人"是央吉卓玛身份的投射。稻草人成为此时期帕鲁庄园地理空间表征，即，晦暗和压抑。农奴逃跑的路线"诱发"央吉卓玛逃离的念头。农奴旦巴塔杰被新任庄园主定罪为"歌声触犯地灵"，被拖在马尾后，再打一百大鞭，后抛尸河里。旦巴塔杰的惨死再次"激发"她逃跑的想法。死一样冰冷的雾黏合旷野上冰冻的雾气，让人全身绞心碎骨的寒冷，惨淡的月光，河面上沉闷的狂号，流淌着黑血的大河，如骷髅的水磨房……种种惨淡寒冷的意象交汇成一幅人间地狱图画，刺激着央吉卓玛脆弱的心灵。"……她惊叫着滚下奶妈的脊背，跪在地上哭泣着向奶妈恳求：离开庄园，离开庄园。"[①] 她最终在奶妈的帮助下连夜逃离帕鲁庄园。这场从先祖记忆之地（帕鲁庄园）的逃离，是央吉卓玛对血脉之根、文化之根的逃离。

帕鲁庄园世界末日图像与益希单增小说《幸存的人》中吞噬生命的世纪末日图画一起"复活"了西藏农奴的悲惨历史。《幸存的人》中美丽的德吉桑姆因为不屈服于贵族仁青晋美的淫威而被污蔑为"妖"并被沉于雅鲁藏布江。沉闷、阴森的鼓声和铜钹声，鬼嚎般的法号声和哭声等各种声响汇集于雅鲁藏布江，如妖魔狂舞，"……整个亚德渡口顿时变成了昏暗、恐怖、凄凉、悲惨的人间世界！"[②] 降边嘉措小说《格桑梅朵》中农奴边巴身世悲惨。爷爷为逃债，被农奴主抓住关在蝎子洞里被蝎子活活蜇死；阿爸阿妈额头被印上耻辱的

---

① 央珍：《无性别的神》，第 110~111 页。
② 益希单增：《幸存的人》，人民文学出版社，1981，第 493 页。

"狗"字；父亲逃跑失败后被活活烧死；阿妈生死不明；他被指认为"鬼"而受尽屈辱。于他眼中，此时段的西藏是无处可逃的荒凉凄苦。从德吉桑姆、边巴到央吉卓玛，他们与地理环境的认同关系体现了人的主体性、地理环境的意向性客体。

人与地理的主客体互动，以主人公出家修行的寺院为例，体现为"认同"与"疏离"和"拒绝"。轮回的记忆之光、当下现实的生命体验和未来的隐秘预言，让过去、当下与未来三组不同的时光重叠且相互联系凝聚成为具有宗教历史文化意识的地理空间。央吉卓玛出家修行获得家人的认同尊重，再加之那神秘的袈裟意象和圣湖预言，让她对出家修行的寺院具有亲切感。微风、芳香、蓝天、凉爽、沉静……尼姑庵景象充满生机与神圣氛围。

作为意向性客体的景观因为人类情感的不稳定性而具有某种程度的"流动性"，故而对于相同地理空间的认同会因人的情感差异性而发生变化，例如，央吉卓玛与拉萨大宅院"家"从"疏离"到"认同"再到"拒绝"。温暖的亲情让她感到昔日如枯井般压抑的"家"（拉萨大宅院）如昔日父亲在世时老宅院般祥和快乐富庶。但是当出家真相（母亲为了节约一大笔嫁妆费）被揭穿，寺院与家在央吉卓玛眼中变得缥缈遥远。祥和快乐的"家"如同有着许多妖魔鬼怪的古堡一般"让人恐怖"。"五彩的经幡在夕阳中微微飘动，散发出孤寂的气息。现在，满树的红苹果和缤纷的花朵在她眼里失却了刚进门时的鲜艳。沿石墙低飞的雀儿的啁啾和铜架上鹦鹉学舌声也变得枯燥刺耳，整座大宅院在她的眼中黯然失色，仿佛传说中一座到处闹鬼充满幽灵的古堡。"①

地理景观被得到完全认同的是位于仁布县的德康庄园。在这里，央吉卓玛不是家里"不祥之人"或"没有教养的异类"，也不是帕鲁庄园与贝西庄园里寄人篱下的"他者"。她在这里作为学生身份读书识字，主体性得以突显。学习让她自信快乐。这里的地理环境色彩明亮，坐落在半山腰的德康庄园、山顶的古堡、牧草地、麦田、绿刺藤、穿过山脚的闪亮河水……都如春天般明媚。人与地理关系显现为和谐相通。

第二节 人与地理的关系构成

风景与"认同"之间的核心是身份认同，不同身份视野下的地理空间蕴含身份地理、权利地理和宗教地理等多重意义。身份位移带来地理空间的多维度视野，纵横坐标上的时间志和地理志共同构成西藏庄园时代的民族志。小说通过不同维度的地理空间书写，20世纪前半个世纪西藏庄园时代的民族志如一幅历史画卷徐徐展现在读者面前。

人情地理是民族志的显著表征。小说从德康家族居住环境的转变揭示其从贵族到没落贵族、再到伪贵族的命运轨迹。在主人公的童年记忆里，德康庄园如废弃的古庙，在秋日阳光下冷清、荒凉。尽管如此，这里见证了德康家族的辉煌岁月。仆役成群、达官贵人是此时段德康庄园的人情标志。伴随父亲的离世，央吉卓玛随母亲一起离开这座有厚实石砌院

---

① 央珍：《无性别的神》，第283页。

墙、花园草坪、高大豪华的客厅、专门的马厩和酿酒坊的大宅院,搬迁到一栋租来的只有八个房间的两层楼房。父亲去世后,满面洪润、身势显赫的活佛、僧官,身着绸袍,骑着高头大马的俗官,殷勤恭敬而又潇洒倜傥的商人,那些昔日往来的达官贵人消失于德康庄园。地理环境里,标志贵族身份的物件有石马,石马是供老爷们上马使用,而象征贵族身份的"石马"消失于两层小楼,也意味着德康家族辉煌岁月的消失。央吉卓玛从帕鲁庄园、贝西庄园辗转再次回到拉萨时,大宅院里摆放的石马等物件让她误以为是回到了最初的德康庄园,但事实并非如此。具有讽刺意味的是,大宅院里使用石马的老爷并非是德康家族的老爷,而是郁驼庄园的老爷,他包养着德康家族未出嫁的大小姐。这暗示现在的德康大宅院处于外强中干、表里不一的尴尬处境。大宅院、石马、衣香鬓影等营造的是一个"伪贵族之家"的地理空间。

身份地理是人情地理的进一步深化。在帕鲁庄园,失去阿叔的庇护,贵为小姐的央吉卓玛受到奴隶般身份的待遇。身份的转移带来地理视角的转移,对奴隶的感同身受让她关注到烈日下农奴们劳作时的青铜色背脊、一堆堆破衣烂衫、污臭的脏鞋子、闪着寒光的浑浊的河水……在这里,农奴可以被任意鞭打、敲断筋骨,或被弃之成为野狗的食物。帕鲁庄园成为"人性恶"的地狱所在。央吉卓玛的祖先记忆消失殆尽,取而代之的是对自己奴隶处境的恐慌与抗拒。

对天堂地狱的对比感受是她初到贝西庄园的体验。她在这里恢复了贵族小姐的身份待遇。贵族小姐身份意识的回转,让她拒绝肮脏的衣服、跳蚤与生冻疮的双手。小说着力凸显香甜的酥油茶、小巧温暖富有生气的卧室、广袤肥沃的土地。贝西庄园让她感到舒适愉快，冬季雪景在她眼里格外洁净宁静，正如她在贝西庄园所受到的待遇，让人愉快清爽。但是生命体验里奴隶待遇的记忆让她关注的视角下移，对女奴拉姆的关心，对底层劳动人民的关注让她难以用一种纯粹的贵族视野观察四周。贵族与农奴双重视野观照下的地理景观书写具有了思辨性，显示出一种复调的叙事结构。央珍以对比性手法从御寒服饰上写出阶级之别。贵族小姐有羊羔皮里缎袍、厚毡靴和暖和的羊毛帽套；女奴则是白氆氇破袍、不合体的黑粗呢破长褂、变形大鞋子。贵族小姐"……向外只露出两只眼睛，满脸暖暖和和的……"；女奴"……两只脚脖子裸露在外面，细细的骨节突出，没有袜子，跟小马驹一般"。[①]同样是冬季的白雪，贵族小姐感受的宁静、美好；下层女奴感受到的是恐怖。冬季雪景的美丽在拉姆视域之外，因为冬季是大灾难的来临，例如，少爷命令女仆拉姆脱光袍子钻进结冰的被筒，以此作为实验看人体结冰会如何。以女奴眼中的冬季对比映衬贵族眼中的冬季，在双重视野、两条线索同时展开的复调叙事中写出身份地理的复杂性。

生态地理是人情地理与身份地理的外延，构成西藏庄园"显性"景观。央吉卓玛被母亲像扔包袱一样扔到位于后藏的帕鲁庄园。在庄园时代，后藏于拉萨贵族而言意味着"落后""闭塞""乡下"。生态视域之下的帕鲁庄园是一个糟糕恶劣的所在。这里的楼梯阴暗、滑腻，有扑面而来的怪味，生病

[①] 央珍：《无性别的神》，第129页。

的阿叔（德康老爷的弟弟），下人们一双双迟钝、惊愕的眼神……人与地理环境组成一幅黑暗浑浊的画面。

>……牛群正蠢蠢移动着脊背，在离圈不远的一条焦黑的土道上，道路边到处都是一堆堆凛凛的白骨。一阵风吹来，刺骨的粪便味呛得央吉卓玛倒退了几步。①

当新旧庄园主接替之后，生态环境在新庄园主的治理下日益恶化，随处可见的粪便、蛆虫、苍蝇、白骨……人与环境的关系互为生成，小孩嬉戏玩闹的场所在尘土与白骨地里，即便是贵族居住的庄园楼，也是恶臭污秽之所在。

>一大团粘粘糊糊的牲口粪便堆积在庄楼东墙下，形成一座黑褐色的小山丘，丘前淤积着一汪黄黄的粪便水，上面浮着一层死苍蝇、白蛆和草屑。上午，白炽的太阳照在上面，一节节细短的麦草和麦粒脏兮兮地从中闪出微弱的金光，并散发出一股潮热烘臭的粪味。②

帕鲁庄园环境的肮脏恶劣是滋生各种疾病的诱因。最后整个帕鲁庄园及其所有人死于天花之中。它的毁灭既是天灾，更是人祸。小说中生态地理的展示，遮蔽了当代旅游热潮中美学意义的西藏风景，当代油画里西藏景象常见的宏伟大气被恶劣生态替代。这是客观地理与意向性客体之间的差异性。

---

① 央珍：《无性别的神》，第 52 页。
② 央珍：《无性别的神》，第 105 页。

第三节　穿梭在时光隧道的地理景观

　　地理空间的人员活动被权力关系支配,故而权力地理是建构地理景观的关键要素。小说对贝西庄园的描写显示了一种"圆形"思维,温情与残忍,留念与抗拒,矛盾的情感体验集于贝西庄园,指向庄园文化里的贵族特权对贵族自身的戕害以及对于农奴惨绝人寰的阶级压迫。

　　贝西庄园的描写着眼于阶级对立,展现贵族的冷漠无情残酷以及农奴的悲惨人生以及农奴麻木的阶级意识。这里即便是人口稠密,房屋众多,经济状态较好,但是也非人间乐土。相对于贵族奢华舒适的庄园,奴隶的生态环境依然糟糕,无数低矮的农舍、牲畜棚,巷子里遍地粪便和干草屑。"尖底柳筐"、"粗糙的皮绳"和"破袈裟"等意象写出地理空间中人们的艰辛贫穷:

　　　　小道上不时出现牵牦牛、扛草耙的庄稼汉,不时迎面走来一群群背着尖底柳筐、粗糙的皮绳从额前勒过的农妇。偶尔,巷道口还出现一两个穿着破袈裟、手捧化缘钵、身背粮袋的苦行僧。[1]

　　景观与人构成活态的地理景观。小说借地理环境与人共同构成的景观"解构"当下关于西藏"人间天堂"的历史想象。W. J. T. 米切尔在《景观与权力》指出景观具有意识形态

---

[1] 央珍:《无性别的神》,第128页。

的双重作用,文化权力与政治权力。"我们认为,景观不只是表达或象征了权力关系,它也是文化权力的一种工具……景观作为文化媒介因此就有了如同意识形态的双重角色。它将文化和社会建构自然化,表达一个人为世界,好像它是某种给定和不可避免的。它还通过质问景观旁观者与作为视觉和场所之给定性之间的某种决定性关系,使那一表达得以运作。"①

央珍以悲悯情怀叙写庄园文化对人性尊严的戕害践踏,以贵族阶级对农奴的迫害,体现庄园时代的"人性恶"。贝西庄园少爷视农奴生命为尘埃,各种灭绝人性的残酷做法令人发指。受折磨侮辱,是女仆拉姆的日常生活状态。少爷让她与男仆打架,如果输了则会遭遇身体的痛苦,被要求喝一大碗辣椒汁;如果赢了则会遭受性的侮辱,被男仆们压在身下检查男女性别。在贵族少爷眼里,女仆是不知道温暖寒冷的动物,所以冬天赤脚是正常的事。他让拉姆遭遇冰火两重天的体验。拉姆因深夜太困未能及时上茶,少爷用火铲把火膛中的牛粪火倒入拉姆脖子里,导致前胸后背全被烧坏。

只见拉姆正嗥嗥大嚷地在地上打滚,仿佛一个受伤的牛犊在屠场上撕心裂肺地挣扎。这时,老厨子光着上身跑进来……拎起墙角下一只装有污水的大木桶朝拉姆泼去。拉姆大叫一声,一团浓烈的黑烟顿时从她身上嘶

---

① 提姆·克雷斯韦尔:《景观、实践的泯灭》,参见〔英〕凯·安德森、〔美〕莫娜·多莫什、〔英〕史提夫·派尔、〔英〕奈杰尔·思里夫特主编《文化地理学手册》,李蕾蕾、张景秋译,商务印书馆,2009,第403页。

嘶腾起，随即，她双脚一蹬便僵死在污水中。身上的粗呢袍子到处是斑斑破洞，又黑又焦，散发出呛人的焦臭味。①

贝西庄园女主人因为怕过年期间请医生上门带来晦气而让被烧焦的拉姆自生自灭。对他人施以迫害虐待的贵族也未得善报。当权力成为极权后，贵族受益于斯，也被裹挟于斯。穷奢极欲的生活状态让贝西庄园少爷酒精中毒而死，庄园女主人徒留瘫痪之躯与一群痴傻的无父无母的孙子。温暖、冷漠、富有、贫穷、极权与迫害成为权利地理的显著标志。

从历史深处走来的地理景观融汇着历史记忆与当下文明。地理与历史的关系表现在历史文献更烙印在人类情感记忆深处，例如，帕鲁庄园与央吉卓玛的关系。央吉卓玛在帕鲁庄园感受到来自血脉深处的祖先记忆。"隔着大片乌黑的土地，一个小村落零零点点地散在北面的小山坡上，低矮的屋顶、褐色的树木以及破经幡夹杂在一起，灰色的轻烟漂浮在它的上空。一种遗忘已久的奇怪感情随即在她的头脑里出现：温柔、忧伤……这种幽秘、隐遁的气氛她从来没见过，以致她的双眼潮湿起来。"② 这里有着先辈的记忆，温柔、忧伤。这种幽迷、隐遁的气氛让央吉卓玛双眼潮湿。帕鲁庄园对于央吉卓玛而言，具有寻根问祖的意味，属于家族历史地理。景观在记忆与当下之间具有了双重时空的重叠。

如同来自血脉深处的祖先记忆，央吉卓玛的宗教情感似

---

① 央珍：《无性别的神》，第14页。
② 央珍：《无性别的神》，第52页。

乎来自轮回转世的记忆深处。过去、现在与未来，多重时空重叠建构宗教地理的神秘性。央吉卓玛与这片极具宗教意味的土地有一种高度的情感共鸣。央吉卓玛感觉自己似乎亲临了修行者吉尊·曲尼桑姆的去世场面。

  央吉卓玛听得呆住了，她感到一种奇异的眩晕，似乎自己亲临了那个悲壮的场面，更加不可思议的是她觉得整座尼庵就此簌簌震颤起来。在一道模糊的紫光中，她看见了洁白空旷的雪地上有一件袈裟在红忽忽地飘动……①

在寺院中的日子，那件属于吉尊·曲尼桑姆的红袈裟会到梦中安抚她烦躁不安的情绪。这展现了宗教地理的神秘。

  这一夜，央吉卓玛在山谷中的小庵中睡得异常甜美安稳。……以至于从此当她白天心绪不宁时，晚上睡梦中便会出现许多飘逸的红袈裟和嬉笑追逐的小尼姑。几天来的烦躁不安也就被一种欣慕给代替了。②

潜意识与梦境暗示央吉卓玛与宗教与生俱来的神秘联系，主人公那带有宗教感的恬静情绪，是对宗教的归属情怀，对宗教的归属感建构了地理的宗教情感。

宗教视域下的地理景观如同修行，经历风雨方能见彩虹。央吉卓玛行走的路线首先是荆棘丛生的道路，然后是小溪、

---

① 央珍：《无性别的神》，第 230 页。
② 央珍：《无性别的神》，第 231 页。

草坪、各种颜色的花朵、清脆的鸟鸣、清香的气氛；再经历酷热、片草不生的荒地，之后便是可以观相的圣湖。圣湖的水光，是神秘的幽幽蓝光，纯净、凝重，不由让人顶礼膜拜。小说中，圣湖曾经启示转世灵童（十四达赖）出生地。它为央吉卓玛预示了大山、栗色小楼与白塔。这些景象就是以后央吉卓玛修行之所在。这如同修行者，当经历一番艰苦修行到达一个高的境界时却发生瓶颈现象，再经历更为艰难的修行后才能得见圣境，到达又一巅峰。

传说是构成宗教地理的神秘性之一，例如，得道高僧所居住环境会有香火飘散成吉祥的卍；再如，关于茶侍修行者与圣者的故事里，修行的茶侍者遇见生蛆的小狗，他撕裂袈裟用以照顾生蛆的狗，之后，撕裂的袈裟在圣者手里完好如初。传说为宗教地理增添"大爱"和"神秘"元素。小说以虚实相间的艺术手法展示人与环境的神秘联系，以尼姑庵、观相湖、虚幻的红袈裟、白塔和各种传说构建起宗教地理景观。

景观既不能被视为无情的物质，也不能被简化为作为意识形态的观看之景，景观是一处综合性空间，是为了服务于社群，故而景观具有多维度的视野，提供了人类学意义的民族志历史画卷。[1] 小说中人物的"流动性"与地理的"静止性"构成"景"与"人"的对话，赋予静止的地理景观以活

---

[1] 提姆·克雷斯韦尔《景观、实践的泯灭》，参见〔英〕凯·安德森、〔美〕莫娜·多莫什、〔英〕史提夫·派尔、〔英〕奈杰尔·思里夫特主编《文化地理学手册》，第392、393页。

态，多维度地理景观显示西藏庄园时代人文地理的多样性、复杂性。对这段历史的言说，在"还原"历史的文学书写中表达了作者对"自我"的追问。对我来自何处的历史回溯，实际是回答了作者"我"在当下的时空定位。

第四节　荒芜的女性花园

中国文化自古以来极为注重家族文化，尤其是孝道，因而文学中的母亲形象多是慈祥善良，但是也有例外。乐府民歌《孔雀东南飞》与陆游的《钗头凤·红酥手》中强行拆散儿子婚姻的母亲形象成为"恶母"的代言人。近代中国历史文化转型，国人反思传统文化糟粕，其中重要主题便是对家族文化的讨伐，文学中出现一系列"恶母"形象。巴金小说《寒夜》中，汪母成为儿子婚姻悲剧的制造者之一，在社会悲剧之外凸显人性悲剧。曹禺戏剧《雷雨》中繁漪成为新旧文化冲突的悲剧承受者，一位"母亲不像母亲，情人不像情人"的阴鸷女人，这是一位让人战栗的恶母形象，突出了历史转型期的文化悲剧和人性悲剧。张爱玲小说《金锁记》曹七巧由一位阶级差异的受害者，变成被金钱异化的自虐、施虐者。这与其说是政治社会悲剧，不如说是人性悲剧，小说以惊心动魄的方式塑造一位"变异"的母亲形象。当代作家陈然、林白等女性小说中的母亲形象是性别文化视野下男权文化的受害者与帮凶，既有对男权文化的讨伐，更有对女性自身的反思。正如历史记忆中不能不面对的灰暗天空，现代中国文学"恶母"形象的意义在于，写出了封建制度对女性的挤压；

也表现女性自审意识,即女性对男权文化的"内化"接受,揭示女性曲折的解放之路。"恶母"系列形象揭示肥沃的"母亲形象"园地里那一角被遮蔽的"荒芜的女性花园"。"荒芜"显示为物质与精神双层的贫瘠。

作为中国文学组成部分的族群文学亦是如此。当代族群文学在全球化浪潮中,凸显族群文化独特性成为写作共性:挖掘美丽景物、塑造美丽人物成为常见的写作手段。与此同时,族群文学不可避免地受到当代女权运动影响,显示出独立的女性主体意识,例如,对女性二元形象塑造的突围。女性形象塑造并不完全按照传统天使与魔女的陈规形象设计,而是写出女性的内在创伤。

白玛娜珍在小说《拉萨红尘》中塑造一位心态扭曲的母亲形象。小说以"儿媳视角"表现婆母从一位爱情婚姻的"悲剧承受者"演变为"悲剧制造者"。她以身说教,毁坏儿子(泽旦)的恋爱观、女性观,只因为"他成了她孤独岁月中唯一的寄托。她望着一天天变化的儿子,倍感欣慰之余。似乎也从他身上看到了令她心悸的一个男子的影子"。当得知儿子恋爱,"她变得忧伤而焦虑。她对他说女人都是不忠的……她不惜老泪纵横,以身说教"。[①] 这位母亲形象是当代藏族文学中另一个曹七巧,不同在于张爱玲侧重揭示金钱对人性的异化,白玛娜珍倾向于展示"人性恶"本身。央珍《无性别的神》中母亲等女性形象,表现了女性悲剧不仅因为社会机制未能提供女性自由独立的平台,还来源于"他者"

---

① 白玛娜珍:《拉萨红尘》,西藏人民出版社,2002,第59页。

和"自我"共筑的围墙。"他者"与"自我"的共同围剿是女性悲剧的根本原因，形成女性"荒芜的花园"生命场。央珍从政治经济人性等层面剖析女性悲剧，表现出女性主义在族群文学中的深度开掘。

几千年历史，被限制在私人空间领域的女性，将承载婚姻的家族空间作为自己最大的人生舞台，倾注生命如火的热情去经营，但是回报她们的通常是悲剧。婚姻悲剧有很多种，精神交流的障碍是悲剧之一种。《无性别的神》中，德康庄园女主人在前后两任丈夫之间都存在"不能沟通的痛苦"。她极力讨好迎合具有留学背景的丈夫，但限于文化差异，迎来的是丈夫的鄙视、冷眼和不屑。这实质是她无法跨越的现代与传统之间的"隔膜"。第二任丈夫，是一位入赘的土里土气的乡下丈夫。女主人与第二任丈夫之间的差距，有贵族文化与平民文化之间的鸿沟，还有城市文化与乡村文化之间的距离。这导致夫妻之间的隔膜、背叛。女主人是看不起来自乡下的丈夫的，但是尽管如此，由于被围困于家庭的女性无法经营家族产业，却不得不接受这样的丈夫。婚姻悲剧带来伦理道德悲剧。德康庄园女主人，在第二任丈夫无力管理家族产业之际，依赖管家洛桑治家并与其苟且。伦理道德悲剧引发财务危机与名誉危机，德康女主人与管家、男主人与女仆之间关系混乱，不仅导致家庭尊卑不分，而且失去名誉与财产，让德康庄园成为一个"伪贵族之家"。

财产权与主体地位不能等同，却有密切关系。拥有财产权不能保证主体性的获得，但是没有财产权却是几乎不可能有主体性的获得。女性悲剧的核心是女性主体意识的缺失，表现为被践踏的美好生命。"在当时的西藏，不存在'妇女权利'这一名词。……除了丈夫和丈夫家庭的身份给予她们极大的精神满足之外，还有通过丈夫赢得的物质上的满足也极大地填补了她们精神上的空虚。"① 女性"第二性"，是男权文化驯服女性的结果。单纯可爱、懵懂无知被视为女性的优秀品质，与姣好容颜一起成为取悦男性的工具。女性对于美的追求本是无可厚非，因为对美的喜爱是人类的一种普遍情愫。美是一种理想状态，是表象与内在的统一，是在自身整体化过程中实现的。② 但是庄园文化对女性教育的不足，致使女性生命状态的空虚，对"美"的追求以"物化"形式呈现。女性在身上堆砌华美的装饰，以为这就是美的展现，实质是孔雀开屏似的"第二性"悲剧。显然如果仅仅依靠服饰堆砌，是不能够称其为美的。当没有内蕴的生命开始追逐攀比，生命便如一袭爬满虱子的华丽的袍。母亲为节约嫁妆费，将女儿送到尼姑庵里出家修行。此时此际，于母亲而言，悲情只是浮现一瞬间，更多的却是因为有华丽服饰而神采飞扬。小说借此揭示庄园贵族文化对人性的异化，泯灭了母爱的神圣光辉。作者央珍在这"神采飞扬"背后蕴含着悲悯的同情与无奈的悲哀，进一步揭示"母亲"荣华的虚浮，犹如她美丽的外表。她一旦褪去妆容显露出黝黑松弛的皮肤、发白的嘴唇，德康庄园女主人便如那屏风上美丽的鸟——"绣在屏

---

① 次仁央宗：《西藏贵族世家：1900—1952》，中国藏学出版社，2012，第324页。
② 〔法〕让-保尔·萨特：《存在与虚无》，陈宣良等译，生活·读书·新知三联书店，1987，第266页。

风上的鸟……年深日久，羽毛暗了，霉了，给虫蛀了，死也还死在屏风上。"① 德康庄园女主人被贵族文化异化，自戕而不知的悲剧更为惊心动魄。她，作为贵族，失去了贵族身份；作为母亲，被金钱异化失去母性，亲手葬送两个女儿的尊严与快乐；作为妻子，未曾拥有两情相悦的恩爱甜蜜；作为一家之长，没有治家能力，完全依赖甚至听命于管家；作为女性，在日夜焦虑中失去女性的美好（卸妆之后的她，面目苍老憔悴）。这样的她，却能在华丽服饰下神采飞扬，而这份神采飞扬恰好印证了她的肤浅虚荣。女性被束缚在三尺阁楼，却自喜于男性的圈养，竭尽全力成为讨喜的百灵鸟。"上千年的积习，使贵族妇女沉溺于丈夫和家庭给予的物质上的满足，并把这种满足看作是丈夫和家庭对自己的重视，甚至认为这种物欲上的满足是女人一生中的唯一要求。"② "第二性"将女性工具化，生育工具、性工具；女性物化，男性财产之一种；女性窄化，生活空间与思想空间的双重窄化。

央珍在小说《无性别的神》中，写出被排斥在公共领域之外的女性，在狭小的私人空间戕害他者或自戕的生命悲剧。

贵族女性即便身份高贵，也只能受制于男性。央吉卓玛母亲与堂姐达瓦吉，受制于男性的掌控，对亲人遭遇不幸只能显示出无能为力或者根本没有悲剧意识。央吉卓玛母亲置大女儿名誉于不顾，抛弃二女儿让其如野草般自生自灭，而

---

① 《张爱玲小说集》，安徽文艺出版社，1995，第105页。
② 次仁央宗：《西藏贵族世家：1900—1952》，第232页。

母亲对母女人生悲剧命运却是处于不自知的状态。这种看似不自知的日常悲剧正是人生的大悲剧。帕鲁庄园新任女主人达瓦吉，面对丈夫要处置自己堂妹央吉卓玛感到惊恐，但她采取的行为只是乞求；当乞求不得，只好木然接受。即便偶有性格强悍的贵族女性，例如贝西庄园女主人，也摆脱不掉悲剧命运。小说为其安排的结局是，丈夫出家修行，儿子喝酒中毒而死，留下二十多个痴呆私生子，女儿嫁走。女主人身体瘫痪，孤独一人守在庄园，其悲剧性人生不言而喻。《无性别的神》中女性悲剧不是独有。当女性被局限在狭小天地，便会逐渐被男权文化孵化出的"第二性"所蚕食，即便走出家门进入社会，也会被吞噬。这样的悲剧超越区域、族群和国度，是东西方女性普遍的生命状态——为成为美丽的百灵鸟，付出人生美好年华的女性，例如，莫泊桑小说《项链》女主角玛蒂尔德；视爱情为全部生命价值体现，勇敢追求却以一无所有的悲剧收场，例如，福楼拜小说《包法利夫人》女主角爱玛，托尔斯泰小说《安娜·卡列尼娜》中的安娜；被男性玩弄，自身却成为罪人的女性，例如，托尔斯泰小说《复活》中的底层女性喀秋莎·玛丝洛娃；将实现自我价值理解为"跟着哥哥"的爱情，最后在日常生活中理想消磨殆尽的女性，例如鲁迅小说《伤逝》中的子君；勇敢走出家门追求自我价值，沦为花瓶被吞噬的女性，例如，巴金《寒夜》中的曾树生，曹禺《日出》中的陈白露。

女性悲剧命运，不单来自男性他者的围剿，还有女性自我的内创。德吉卓玛，宁静美丽的德康庄园大小姐，是庄园文化的受益者也是被侮辱被损害的弱小者。她对妹妹的冷漠，对艰苦环境的不耐,都内化了母亲的影响。她被母亲送给拉萨郁驼庄园老爷做外室,成为为家族谋取利益的工具。当她不再能讨得郁驼老爷欢心,无法为家族谋利时,在怀孕之际被独自送到异国他乡(印度)产子,成为母亲的弃儿。她悲剧性的人生际遇,既有来自家族的迫害也有来自自身对荣华的贪恋。这是一个既让人鄙视又让人同情的中间人物。就母女悲剧的延续而言,德吉卓玛如同《金锁记》中的长安。女性解放之路漫长艰辛,在他者与自我共筑的围墙之内羽翼日渐退化。也有勇敢的女性,试图走出这围墙,但在围墙之外跌跌撞撞伤痕累累。当没有相应的社会平台,如鲁迅所言,出走的娜拉不是回到家里便是堕落,成为另一个曾树生(《寒夜》)或陈白露(《日出》)。德吉卓玛人物形象在现代文学史上的意义,从区域族群角度而言,在于展现了西藏庄园贵族文化对女性的戕害,凸显了身处悲剧不自知的女性悲剧;从文坛而言,丰富了中国现代文学画廊中的女性形象;就性别文化而言,超越区域、族群和国度,具有文学上的普遍性意义。

　　探究悲剧形成的社会文化原因,可以在人类文明几千年的男权文化中找到渊源。神话传说似乎是女性地位的来源凭据之一。西方创世神话中女性为男性的一根肋骨,奠定女性为男性"附属物"的基础;夏娃与亚当的故事,又奠定了夏娃的"从属本性"。这些神话传说看似为女性遭受不平等对待找寻到凭据,实则是男权文化强行赋予女性的"第二性",制造女性低于男性的"事实"。"在西方文化传统中,男性优越、女性低劣的观点是由来已久的。圣·托马斯明确地把女性界定为'不完满的人'（imperfect man），此后数千年来，女性无论在社会生活还是家庭生活中始终处于从属与次要的边缘地位。而男性则为中心，处于控制和主导的地位。"① 东方中国传统社会男尊女卑，女子无才便是德等观念也是根深蒂固。西藏文化，区域族群文化，没有逃脱男权文化的魔咒。在帕鲁庄园，咒师告诉央吉卓玛，"女人就是罪恶，所以女人的东西就是丑恶的"。② 西藏贵族圈是男性的天地。"在贵族制度的框架里，男孩子是贵族精神的延续者。"③ 父母可能会将温情给予女孩，但并不表示他们偏心于女孩。贵族女性面对的永远是家庭，因为性别使得她们远离社会角色。"由于当时的贵族妇女不从事任何正规的职业，即使在家庭内，她们也除了成为母亲、妻子的角色外，从不为家庭事务而操心，因此，打点服饰成为无所事事的贵族妇女们消磨时光的主要内容。"④ 女子接受教育程度和她与社会接触的深广度决定了女性视野的宽窄，并决定女性对人生命运的把握度。当女性被束缚于狭小的天地，她的生命强度自然减弱。懦弱与悲剧是一对孪生姐妹，因为懦弱而无法主宰把握自我命运的女性，如激流中飘荡的浮萍。长期的男权文化浸染，让女性在"他者"与"自我"共筑的围墙中形成"第二性"，或自戕或戕害他人。

---

① 〔美〕桑德拉·吉尔伯特、苏珊·古芭：《阁楼上的疯女人：女性作家与19世纪文学想象》（上），杨莉馨译，上海人民出版社，2014，"总序"（二）第15页。
② 央珍：《无性别的神》，第92页。
③ 次仁央宗：《西藏贵族世家：1900—1952》，第367页。
④ 次仁央宗：《西藏贵族世家：1900—1952》，第399页。

当代族群文学生态圈可谓是多姿多彩,出现较多优秀作品,但是在人性挖掘方面总体深度还是不够,停留于民族风情展览、美好人物塑造的"单向度"面向上。央珍《无性别的神》突破了族群文学这一单向度写作局限,在张爱玲的"曹七巧"、曹禺的"繁漪"等经典人物形象之后,贡献了德康庄园女主人这种属于区域族群、又超越区域族群的经典人物形象,其"荒芜的女性花园"在当代文学中具有独特的性别视野。

附录二

原乡依恋与现代性认同*
——当代藏族女性散文的"故乡"书写

当代藏族女性作家群构成了当代文学史中一道闪亮的新风景,她们有益西卓玛、严秀英、完玛央金、梅卓、白玛娜珍、亮炯·朗萨、格央、雍措、尼玛潘多和桑丹等。在这批藏族女性作家中,具有代表性的四川籍作家是亮炯·朗萨和雍措。她们讲述边地的散文创作与这批藏族女性作家表现出相当程度的共性。历史中长期"失语"的藏族女性,来自历史深处的她们,是如何讲述这片土地?① 伴随当代藏文学的兴起,藏族女性文学方兴未艾,显示出勃勃生机。其相应的学术研究也开始出现。大致可以归为两类,一类是以群体为研究对象,例如,刘大先的《高原的女儿:当代藏族女性小说述略》、朱霞的《当代藏族女性汉语文学浅论》、亚嬉的《新时期藏族女性小说发展轨迹》、徐美恒的《论藏族女诗人的诗歌特色》……另一类是个案研究,例如,徐琴的《月光下的吟唱——评藏族作家白玛娜珍散文集〈西藏的月光〉》,

---

* 同名文章发表于《民族学刊》2018 年第 5 期。收入本书时有删改。
① 戴锦华、孟悦:《浮出历史地表》,中国人民大学出版社,2004。

李佳俊的《天然·灵气·困惑——浅析白玛娜珍的散文创作》、田泥的《谁在边地吟唱——转型期中国当代少数民族女性写作》、予一《卍——幸福之谜》、刘志华的《新秩序的诞生》……上述研究着眼于审美、叙事艺术和民族文化精神。当前也有部分学者关注于"藏地·故乡"叙事的学术研究,大致可以分为两类。一类是个案研究:例如,德吉草《绿色的家园——谈南色小说中的故土情》、《根,现实的依托——漫谈多杰仁青小说之根》、《故土的守望者——章戈·尼玛与他的散文》,李静《藏地故乡的文化记忆与书写——谈龙仁青的散文创作》,魏春春《望乡——康巴作家尹向东小说论》,邱诗越《原乡的变奏——阿来小说创作探析》、《忧虑与期冀:原乡的守望——阿来小说创作探究》,张艳梅《从〈角色无界〉看当代女性的被困与突围》。另一类是综合研究,例如,王智汪的《文化人类学视野下的藏学故乡叙事》。上述研究者角度或着眼于故乡依恋或注重文明反思,缺少从性别视野剖析"藏地故乡"书写。笔者发现从性别角度梳理"藏地故乡"叙事的学术研究比较薄弱,以群体现象入手的相关研究更是一片空白。笔者欲在此作为一种学术研究补充,略述此问题。

在交通日益发达的今天,"出走"和"回归"故乡已经成为当代人生活方式的常态,对故乡的守望与追忆成为故乡书写的常见情感模式。当代藏族女性散文中的故乡书写亦是如此。当代藏族女性散文的故乡书写,一方面富有浪漫的诗意之美;另一方面又有厚重的历史沧桑与切实的现实关怀。生态美学视野中的故乡,是一首田园牧歌。宗教情怀下的故乡,既轻盈空灵又沧桑厚重，具有深广宏阔之美。现代性进程带来生态危机、人文危机，这与故乡宁静和谐之美形成冲突。对历史的回溯重构与现实批判成为故乡书写的两大主题，由不同文化场域带来的文化思考，显示出故乡依恋与现实文明的张力。

在当代都市文明裹挟下，西藏广袤的乡村如何自处？当代藏族女性散文以平面视野展示从日常生活到建筑、服饰；从宗教历史到教育制度；再以纵深视野，从历史到当下，从物质层面到精神层面，书写了一个让人魂牵梦绕的故乡。梅卓的《走马安多》展示故乡深沉的宏阔之美，为现代人提供一方心灵的圣地。白玛娜珍的《西藏的月光》为当代物欲横流的世界呈现另一个浪漫唯美的世界净土。雍措的《凹村》则为现代人再现具有乡土中国气质的温馨家园。置身于文明转型期间的她们，是如何抉择于传统与现代文化之间，如何表现故乡的前世今生？当代藏族女性作家笔下的故乡书写以不同书写风格展现了她们在现代与传统、故乡与他乡之间的文化抉择，或缅怀追忆，或质疑批判，皆显现出浓烈的故乡依恋情结。凸显人性美、人情美，充满温情颇具"朝花夕拾"之风的故乡书写以雍措的《凹村》为代表；极具柔美浪漫乡村田园风情的故乡书写以白玛娜珍《西藏的月光》为代表；具有浓厚宗教情怀与丰富人文地理知识的故乡书写，以梅卓的《走马安多》为代表；另外还有颇具浪漫英雄情怀的故乡叙事，例如亮炯·朗萨的《恢宏千年茶马古道》。她们笔下的故乡既是生我养我的地理性版图意义上的故乡，更是带有浓厚民族文化记忆的精神家乡。其故乡叙事既有个体小我的人性张扬，也有浓郁的区域族群意识。

第一节　诗意栖居

在生态环境遭遇破坏的今天，西藏形象经历转变，由早期"蛮荒之地"到当下文化语境中的"香格里拉"。"这既是当代物质文明建设后对精神家园的追寻之故，更有西方视野下的'东方主义'情结……"① 当代文学西藏书写的主要特征之一，是将之作为世外桃源、人间天堂，具有乌托邦情结的书写模式。当代藏族女性散文与之存在一定的情感重置，显示为具有乌托邦情结的诗意故乡。

雍措笔下的"凹村"是超越地域的"凹村"，是一个美丽的"世外桃源"。② 美好的乡村邻里关系，温馨的亲情以及清新的风、漫山遍野的郁郁葱葱……充满人性关怀，是当代版的"湘西世界"；童年记忆中的美好快乐，再现鲁迅的"朝花夕拾"。意象之美是雍措故乡书写特点之一。这从一篇篇小文章的名字便可看出一二，例如《风过凹村》《又是一年樱桃红》《植被茂盛的地方》《梦里的雪》《让灵魂去放牧蓝天》《多雨的季节》《静处，想起一阵风》《思念像风中的叶子》等。这些意象填满关于凹村的童年记忆。优美的自然风物是故乡的美丽装饰。

---

① 彭超：《从凌仕江散文看当代"西藏叙事"的多重性》，《当代文坛》2016年增刊第2期。
② 雍措，四川康定人，2007年先后在《民族文学》《四川文学》《星星》等刊物上发表文章。《凹村》为其书写故乡的散文集。

彩虹出来了，七色的彩虹从那边山跨到这边山，像一条美丽的项链悬挂在秋天的脖子上，山头染成了绚丽的颜色，河流有了七色的光环，劳作的人们在七色的彩虹里辛勤耕种着。①

诸多意象建构一片诗意空间，浪漫情怀是她故乡书写的特点之二。《听风拂过的声音》一文，由"等待""雪的末端""花的呓语""梦里的事儿""故意走失的黑马""落在草原上的园石头""露珠儿"等构成，呈现单纯梦幻意境。一花一叶的美，风雨自然，字里行间充盈着爱、美、自然。充满童趣视角让凹村书写具有返璞归真的意趣，动物的人性化书写以及人与动物之间的温情让凹村充满人性之美。

人与动物之间的温情是故乡记忆中人性美好之一面。雍措笔下的故乡（凹村）叙事既有万物有灵、众生平等的祥和，也有儿童文学的天真烂漫。极具人性化的可爱动物，例如，《雪村》里流浪狗黑子的恋爱故事。人与动物之间充满人性的温暖，例如《老人与狗》中阿妈与狗儿果果之间相互守护的故事。再如，《鹅的来世》中妈妈将死去的鹅埋葬在桃树下，祈祷它来世投胎成一位公务员。"黑子、果果"这些可爱的小生命已经构成作者童年记忆里朵朵小花，是其生命成长过程里不可缺少的宝贵记忆。童年美好记忆里还有阿爸的瓜瓜烟、院坝里的簸箕床、地窖里的水果等物件，以及偷吃鸡蛋、打猪草、吃花生、看电视等有趣的事件，建构一个亲情

---

① 雍措：《凹村》，作家出版社，2015，第63页。

浓厚的凹村。

美好的人伦情怀是故乡记忆里重要的一环。人与人之间的关系是故乡记忆的轴心。邻里乡亲的和睦与家人的温情,显示出深厚的人情美、人性美,让故乡呈现传统古典美学意蕴。近百年以来,"家"的情感内涵不断遭遇各种运动的冲刷。五四新文化时期,"个性解放"与"家的抛弃"常并列在一起,"走出父家""走出夫家"是当时年轻人追求个性解放的表征之一。在20世纪80年代女性主义话语下,家成为女性既向往又逃避的地方,显现为弑父与恋父、怨母和爱母的复杂情感纠葛。雍措笔下对家的描写回到传统,塑造了传统意义上伟岸、坚强的父亲形象与善良温柔的母亲形象,以此重返古典意义的"家",重返传统叙事。

> 拿起画笔,我想勾勒一幅我思想里的画:画中有父亲、母亲、我,小路笔直开阔,悬崖杂草丛生,我们悠闲地走在小路上,朝着家的方向……①

母亲身上蕴含受难、温情、宽容、坚韧等美好品德,例如,《阿妈的歌》一文中与"我"相依为命固守老家的年老母亲,再如,《又是一年樱桃红》中,"我"那位宽厚、勤劳、善良的母亲。雍措在《植被茂盛的地方——清明节之际,仅以此文献给父亲》、《梦里的雪》和《雪夜》等文中写出像树一样坚强的父亲逐渐苍老,以及面对生命逐渐老去而无可奈何的苍凉。雍措笔下父爱重塑是对传统人伦情怀的回归,

---

① 雍措:《凹村》,作家出版社,2015,第133页。

写出了父爱如山。

对父母辈情爱的叙述是历史建构的重要一环。《凹村》中，父母一代美丽的爱情是故乡美好记忆里的重要内容。《遗像里的爱情》中父母坚贞的爱情不会因为生命消逝而褪色：母亲已经年过花甲，遗像里的爱情，还在和岁月一起流淌，美丽的相思，还会永远伴着一位历经沧桑的老人……①

虽然爱情有背叛，但更多的是美好。雍措《漫过岁月的绿·指头花》中阿爷与阿奶饱受包办婚姻之痛。当阿爷遇上了自己的真爱时，他抛弃了阿奶与刚出生的女儿。阿奶没有被破裂的婚姻摧毁，反而坚韧顽强地继续生活。

雍措的"凹村"叙事复活了人们对往昔岁月的美好记忆。当代社会在走向现代文明的过程中，传统节日渐渐失去凝聚人心的力量，逐步丢失了一些传统的记忆。一年一度的"过年"是传统节日里最热闹的日子。今天，一方面是小家庭取代传统大家庭，人气减弱；另一方，随着物质文明的进步，对锦衣玉食的欲求随时可以获得满足，已经不再需要等到"过年"这个特殊的日子，小一辈们对"过年"的期待日益减弱。再就是仪式感的消失，杀猪宰羊、包汤圆，这些有仪式感的年节活动已经成为遥远记忆。雍措在《听年》中从"腊月"、"年花花"、"抢头水"、"过年谣"、"年疙瘩"和"新衣裳"等细节中写出了过去村子里乡邻们聚拢一起杀猪迎新年、穿上漂亮新衣过年的传统习俗，重温传统习俗，再现新年热闹快活的场景。

---

① 雍措：《凹村》，作家出版社，2015，第148页。

千年农耕文明积淀了静态乡村文明的审美意识,从陶渊明到沈从文、汪曾祺等作家,书写了静谧隽永的乡村之美。于乡土中国而言,故乡之于乡村具有等同的意义。雍措散文中的故乡叙述,在时间隧道以诗意化的方式回望故乡,其价值意义在于笔下的故乡立足区域民族的同时又超越了区域、族群,具有古老中国乡村文明的共性。

在凹村,自然山水、小动物和善良的邻里乡亲热闹了凹村小孩的童年记忆。

> 山谷热闹起来了。鸟儿飞起来了,太阳升起来了,天边的云赶来了,背着背篓上山的伙伴儿们,越来越多了。①

如果说雍措以回望故乡的视野写出凹村的浪漫诗意,那么白玛娜珍便是听从故乡的召唤,再次回到故乡,以现实存在感写出自由快乐的故乡。② 雍措以追忆的方式再现自己的快乐童年;白玛娜珍则是从现实感受出发,对比内地城市与西藏教育,揭示西藏儿童们享有的自由快乐。

在"不输在起跑线上"的教育理念下,城市儿童有着一种现代性重负,沉重的书包、繁忙的学习,以及面对家长殷切期待的压力……白玛娜珍主要从儿童视域写出故乡的单纯美好,这是有别于都市中超负荷的童年经验。作为母亲的白

---

① 雍措:《凹村》,作家出版社,2015,第78页。
② 白玛娜珍,出生于拉萨,著有诗集《在心灵的天际》,散文集《生命的颜色》、《西藏的月光》,长篇小说《拉萨红尘》、《复活的度母》。

玛娜珍为避免爱子承受这种超负荷而伴随爱子辗转拉萨与偏远的乡村。她以爱子的学习经历写出故乡孩子们的自由快乐。《西藏的孩子——爱子旦真那杰游学小记》一文中，随着从成都到拉萨，再到娘热乡，孩子自由快乐的天地越来越开阔。因为祖辈古训"不要执着世间万物，而要关照内心"①，在拉萨的孩子相对于内地城市孩子而言，来自家长的学习压迫要小一些，但不可避免地因为教育体制的原因仍然会有学校的压力，而距离现代都市较远的农村娘热乡，学习环境宽松，小孩们在这里更能享受快乐无羁的童年。

自由快乐，不限于儿童世界，成人世界亦如此。那份无羁的快乐甚至可以治愈成人世界的情感迟钝。西藏"女人节"是一个狂欢节，这时可以解除一切束缚、放飞自我。在《快乐的黛拉》中，在拉萨的医生小张，是"孔夫子"的后代。西藏"女人节"让他完全抛除传统礼仪束缚，敞开心灵世界。这一切都是快乐的，呈现自然的真我。白玛娜珍写到，

> 我知道我此生离不开拉萨，离不开黛拉一般快乐的拉萨生活。②

白玛娜珍笔下的爱情充满浪漫传奇色彩。《光河里的女儿鱼——回忆我的外婆》中外公李簿与外婆卓玛的爱情始于一场一见钟情的浪漫邂逅，实现了预言中的云鹤之爱。一年后，

---

① 白玛娜珍《西藏的月光》，重庆出版社，2011，第139页。
② 白玛娜珍《西藏的月光》，第121页。

李簿骑着高头大马迎接随同马帮前来的卓玛。小说中白马王子与美丽恋人相遇的场景,将爱情的浪漫推向高潮。之后,"左"倾思潮带来的人生苦难见证了这段爱情的坚贞不屈。她笔下的动物世界亦充满人性的温暖。《我的藏獒和藏狮》中藏狮狗(桑珠)和藏獒(顿珠)相依相恋,"它们像一对遁世的爱侣,在静僻的小园里,在晨光和婆娑的树影间从容地生活着,像在演示着我多年的人生梦想……"[1]

雍措笔下故乡叙事清新唯美,同时蕴含着对坚韧生命力的礼赞。白玛娜珍笔下的故乡叙事同样充满浓厚的诗意,她的浪漫情怀如阳光般明媚快乐。当代藏族女性笔下的故乡重现了沈从文精神版图的"湘西世界"。无论离开城市多少年,对于游走在城市的人们而言,故乡才是永远的家,"凹村才是我的家"[2]。

第二节　自我身份建构

看来无论在哪里,贪嗔痴无处不在,深藏在每个人的内心深处,好比那痛苦之源……

是的,幸福。我今生将经历的,一如满溢的醇酒啊。而这一切,正是因为我的上师贡觉旦增仁波切,当他安驻在我心灵的圣莲之上,又像一束来自天宇的阳光,把世间的浮沉显照得清清楚楚……想到这里,我的耳畔,

---

[1] 白玛娜珍:《西藏的月光》,重庆出版社,2012,第163页。
[2] 雍措:《凹村》,作家出版社,2015,第59页。

空旷的山谷里,岗日托嘎金色的雪光中仿佛回想起佛祖的真言:我已指明解脱之路,能否解脱便看自己……①

从雍措家长里短的温馨日常生活叙事,到白玛娜珍穿透岁月的宗教叙事,故乡书写由表及里层层深入,直抵核心深处。白玛娜珍的故乡书写因浓烈的宗教情怀而增添历史沧桑之感,宗教与救赎是她散文的主题之一。

浪漫历史建构是白玛娜珍自我身份认同的重要途径。如何可以"不负如来不负卿"?这似乎是一个"两难"选择。爱情与宗教在仓央嘉措诗歌世界里是美丽而忧伤的,白玛娜珍笔下又是如何?在《拉萨的活路》中,拉萨红尘不仅腐蚀诱惑了僧人洛桑与曲珍的美好爱情,也摧毁了洛桑。远离红尘,宗教信仰会让爱情伴随生命常在。在《爱是一双出发的箭》中,一对相爱的恋人为相守而抛弃一切,漫长的出走岁月,宗教信仰安抚了他们流浪的身心,也让爱情常驻。宗教信仰会让爱情永恒,即便生命消逝,爱情也会被珍藏。在《唯一》中,痴情的男子出家为僧,整整20年独自一人居住在山脚下,只为在亡妻消失的地方守候。尘世间已经无法找寻到的坚贞爱情,被珍藏在出家人心里。白玛娜珍笔下,宗教与爱情不再相悖,反而因为宗教,爱情如陈酿的老酒日益芬芳浓烈。

浓烈的宗教情怀浸透白玛娜珍的写作,也建构她"想象的自我"形象。在《西藏的月光》中,白玛娜珍记载了她无

---

① 白玛娜珍:《西藏的月光》,重庆出版社,2011,第15、17页。

数次因为感动于宗教故事而流下眼泪。在宗教故事诱发下,她甚至仿佛穿透时光感受到前世的记忆。宗教信仰烙印在她的心田,赋予其文笔感伤、浪漫的叙事基调。

> 我闭上眼,体会着雨水在这一刻犹如心海一滴,仿佛告悟我,真爱,只在追随莲花生的女子心中金刚不坏。①

白玛娜珍以"庄周梦蝶"的方式反复书写对宗教的皈依,梦境是白日之思的呈现。白玛娜珍数次梦见佛教故事中的度母益西加措,这表明宗教信仰在作者心里的分量之重。作者将"我"与"度母"形象在自觉不自觉之间重合,通过历史与现实的反复重构,建构其自我形象。

现代文明影响着白玛娜珍的宗教叙事,她将佛教修炼成仙的传说与当代时空穿越联系在一起,模糊"虚构与真实"之间的界限。

> 我心幻想万千。
> 这神秘的岩洞或许曾通往另一个时空境界,或阻隔了一切干扰和光波,益西措加一心一意给随莲花生在这里学习佛法,她已忘却世间的一切。②

对于宗教信仰,白玛娜珍有一份来自现代人的畅达与理性。在《出家的德吉》中,她赞同德吉将身心献给佛,同时

---

① 白玛娜珍:《西藏的月光》,重庆出版社,2011,第226页。
② 白玛娜珍:《西藏的月光》,第216页。

指出其执着于生死的生命遗憾。

我笑了，生与死是德吉不忘的主题，她似乎再也感受不到尘世中的快乐和幸福，双眼像能穿透时光，抵达背面。①

白玛娜珍笔下的故乡，既轻盈空灵又沧桑厚重，表现深广宏阔之美。与白玛娜珍浪漫的宗教叙事不同，梅卓的宗教叙事带着历史的厚重沧桑，穿透时光而来。② 在历史与现实的纵横坐标中定位自我，是梅卓故乡书写的主要特征。她的《走马安多》以游历的方式呈现了安多丰富的人文地理景观，介绍了甘丹寺、江孜寺、昌珠寺、拉扑楞寺、郎木寺、扎如寺等无数寺庙，以此呈现藏文化的灵魂——宗教。她在对寺庙建筑艺术的介绍中，表现出强烈的民族情感与民族文化自信。在《走马安多·阿坝的方向》中，她表达对藏族传统苯教的热爱，认为苯教徒有着开放自信的宗教态度，例如，不拘泥于转经方向的左或右，并进而指出苯教蕴含藏族独有的宇宙认知。由苯教延续的藏族历史是一个没有断裂的历史。梅卓的宗教信仰既传承传统，也与时俱进，例如，在神性与人性之间，相信神性的同时更认可人性。

这是个神性世界，神的光芒遍布大地。但是人类的

---

① 白玛娜珍：《西藏的月光》，重庆出版社，2011，第132页。
② 梅卓，1966年，生于青藏高原，青海省作协主席，著有长篇小说《太阳部落》《月亮营地》，小说集《人在高处》《麝香之爱》，散文集《藏地芬芳》《吉祥玉树》《走马安多》，诗文集《梅卓散文诗选》等文学作品。

慈悲比神更显具体，更显灵性，它灵动地穿行在对待孩子、对待爱侣、对待亲友以及对待陌生人的眼神和态度中，慈悲使人具有了神性、成为另一类神，在某种意义上，普遍、渺小但却始终不渝地眷顾他人的人，终将凸显于众神之中，成为一道令人敬重的风景。①

"神性"与"人性"的共同在场，是历史前行的见证。历史在变化中包含自我的恒久性，② "神性"是故乡的恒久性，也是梅卓等藏族作家"自我"形象的核心。

梅卓的故乡书写是典型的学者型散文，注重文化地理的开掘。梅卓游览九寨沟时，面对美丽山水，她关注的是山水之外的宗教、历史。她指出九寨沟"嘉荣"的全称为"嘉姆荣哇"，意为女王部落是古代母系氏族部落的遗留。从名称引入宗教、历史，继而介绍苯教寺院尕米寺、川主寺。梅卓走马安多，文笔穿梭于不同时空，介绍历史中曾有的卡约、古格王朝等多种文化，在其神性色彩之外另添传奇。与此同时，她也关注普通藏民的日常生活，着意于民间习俗，从婚丧嫁娶到日常服饰，挖掘深藏于其间的历史传承。《在青海·在茫拉河上游》写兰本加一家从早到晚的日常劳作，制作奶茶、挤牛奶、清点羊群、剪牛毛、迎客宰羊、制作酥油、僧侣来访、炒青稞……这些日常劳作显示出温馨、友情，写出普通藏民的苦与乐。"这是姑娘们的私人时光，虽然背水是辛苦的

---

① 梅卓：《走马安多》，青海人民出版社，2009，第30页。
② 〔法〕让-保尔·萨特：《存在与虚无》，陈宣良等译，三联书店，1987，第202页。

劳动,但看着她们说着悄悄话、微笑着,以及轻快的步态,不难发现她们愉悦的心情。①"但是梅卓的故乡书写并没有完全田园牧歌化:

> 许多诗歌里赞美过牧女晚归的幸福场面,实际上,草原上的牧女们非常辛苦,家庭的日常生活完全落在妇女的肩上,女孩从六七岁开始,就随着母亲开始劳作了,一生都在单调而繁重的劳动中度过,可谓是家庭的脊梁。②

作为一名当代知识分子,她显示出现代理性思辨,"我欣赏这样的命运。这命运是命定的,又不被命运所左右……这便是超越人生态度和物质世界的大自然、大法则。"③

对于故乡的守望,自然山水之美自是不待赘言,而宗教信仰的传承更成为精神原乡最为厚重的一笔。故乡的建筑艺术、文学、医学乃至天文等多方面的知识被很好地传承保留,这具有历史与现实双重价值意义;与此同时,佛教提倡忍耐、向善,提升了藏民的精神高度。"佛教传入……后,首先改变了藏族人的价值观念。慈悲与智慧超越了勇气,信仰和意志构筑了藏人对勇敢的解释。"④

即便在当下,藏民依然充满对"神"的敬畏。当代藏族

---

① 梅卓:《走马安多》,青海人民出版社,2009,第19页。
② 梅卓:《走马安多》,第89页。
③ 梅卓:《走马安多》,第31页。
④ 德吉草:《当代藏族作家双语创作研究》,民族出版社,2013,第186页。

女性作家笔下的故乡具有神性之美。

梅卓、白玛娜珍笔下对于故乡守望的宗教情怀，具有明显的选择性记忆。这与女性特有的浪漫情怀有关。在西藏，长期生于斯长于斯的人们对自然有一种无法退却的敬畏。在恶劣的生存条件下，因为有宗教信仰，有对来生的期盼，所以才有战胜困难的坚强品格，以及支撑这方天地生命的延续。历史的光明与暗影并置，生命之美好与残忍在光影之间还原出历史的丰富性。以单向度的诗意情怀守望故乡，建构一个让人心向往之的精神家园，尽管浪漫唯美，但也存在思辨性不足的遗憾，难以还原历史。例如，布达拉宫既是朝圣之地，也是保存文化精髓的博物馆，体现了广大藏民勤劳、智慧的同时，也反映了广大藏民的艰辛与贵族的奢侈。"布达拉宫在旧西藏也有政府行政办公的含义，然而，在信徒心目中，它只是充满佛法灵光的宗教圣地。"① 对于布达拉宫的书写如果只取其一端，对历史真实而言无疑是一种缺憾。单向度写作易在历史想象中"沉溺"而"忘却真实"，难以抵达精神原乡的质点。这或许是当代女性散文作家故乡书写需要警惕的一个问题。

第三节　现代性认同

中国传统文化讲究"天人合一"。此观点对生态环境保护有着积极意义。但是近代中国由于工业的滞后带来国势式微，

---

① 平措扎西：《世俗西藏》，作家出版社，2005，第2页。

导致极度"文化不自信"。西方文明借机强势进入中国,"历史进化论"和"新方法论"等替代了"天人合一"的宁静自守。现代工业是以对生态环境的破坏为代价的。这种生态破坏如同幽灵,尾随着现代性进程,在很大程度上,对城市文明的批判和对乡村文明的守望成为当代文学的主题之一。涉藏地区因为地理位置关系,生态与人文环境相对得以较好的保存,成为当代人心中的世外桃源。"生活在这里仍然保持着原生态,自然赋予草原人以包容、平静、博大的胸怀,飞禽们在自由飞翔,动物们在自由奔跑,而人们在辛勤的劳作之余,仍然能够侧耳倾听那大自然中的天籁之音,那和谐的生命交响曲是在祖祖辈辈的维护下传到了今天,在这个广阔的生命平台上,草原水草丰美,人们生生不息。"[①]

在"人定胜天"的现代社会,对大自然的敬畏之心日益减弱。雍措文本显示出大自然威严的不可抗拒。万物有灵,自然万物的生命都有尊严价值,若违背万物平等,是要遭受处罚的。《像马一样死去》中,邻居表叔因为虐杀幼马而遭受惩罚(像马一样死去)。为救赎,表叔的儿子(聋子李)以牧场为家,以马为情人。《野种》一文体现出对大自然的敬畏,例如那棵顽强生存的野核桃树。"我是第一个拿着斧头去砍树的人。……落刀的速度减缓下来,我发现,我落下去的每一刀,都有一双无形的手把刀口往外摔。……走了很远,回过头,看见树干上的刀口,像一张嘴巴一样对着我。它要说些什么呢?我不敢去想。……它的根蔓延在地底,而我的

[①] 梅卓:《走马安多》,青海人民出版社,2009年,第21页。

脚只是肤浅地接触着大地。野种,继续张着大嘴巴,丰茂地长在岁月里……"①雍措着力刻画随性自然的生命状态,礼赞生命力的坚韧。在《凹村·指头花》里,阿奶、阿妈与小姐妹俩三代女性以其坚韧的意志力撑起母系生命族谱。她以女性形象诠释传统与现代的融合,即,具有主体意识的自我尊严与顽强不屈的生命意志。爱情婚姻是女性的渴望但不是生命的唯一。平凡岁月里掩藏着惊心动魄的爱与背叛,而雍措凸显的是遭遇背叛后女性表现出的强健生命力。

梅卓的故乡书写,挖掘故乡文脉传承,细数当下藏民的日常生活点滴,在纵横之间,构建具有厚重历史的当代美丽藏乡,表达浓烈的故乡情感。"我发现无论生活在什么地方,什么环境,都无法改变我的血缘和情感。我想,这可能仅是一个现代人的故乡情所致。""是啊,我们的幸福诞生在此,我们的悲伤也诞生在此。……山风的方向,山谷的清水,是我梦中的影像。"②梅卓的自我身份认同在历史与现实的纵横坐标中得以建立。如同光影相随,因为对于历史的沉迷以及由于当代生态环境破坏而对现代文明的抵制,也构成梅卓自我身份认同与现代性认同的一道鸿沟。

白玛娜珍经常穿梭于现代都市与偏远的牧场,她将现代与传统之间的博弈放置在较为开阔的空间与深远的历史之中。一是当代文明的思考。她在《拉萨的活路》中描写离开家乡来到拉萨打工的年轻一代沦为最底层最弱势的一群,写出城

---

① 雍措:《凹村》,作家出版社,2015,第130页。
② 梅卓:《走马安多》,青海人民出版社,2009,第42、106页。

市对乡村的挤压吞噬。理性审视让白玛娜珍没有将拉萨独立于现代都市之外,指出今天的拉萨与成都一样面临现代性进程的危机。在《百灵鸟,我们的爱……》中,她指出整个地球生态恶化导致拉萨的日益燥热,作为世界最后一方净土的拉萨尚且如此,人们已无处可逃。二是对历史文化的梳理考量。在《等待荒冢开花,等待你》中,她将当代生态环境被破坏的缘由追溯到农耕文明与游牧文明之间的长达几个世纪的残酷争战。"据说这场野蛮的开垦早在清朝道光年间就开始了。……农耕和游牧之间延续多个世纪的残酷争战,像一场荒诞的文化误读,一场人类自酿的咎由自取的悲剧。"[1] 在生产力不发达时期,适度的开垦是人类增强生存力的有效方式之一,但当生产力逐渐强大后,开垦必然造成生态环境失衡。三是对不同形态文明的再比较。历史上,农耕文明几乎一直优越于游牧文明,但是到了当代,面对失衡的地球环境,对游牧文明的缅怀成为生态保护者的情感共性。面对消失的草原、东北虎、枯竭的黑河水、不见踪影的河流,白玛娜珍勾画一幅美丽的画卷:"那些河水从雪山深处蜿蜒而来,犹如白色的乳汁。秋季被澄水星照耀,又变得湛蓝和翠绿。冬天清冽的河面漂着冰花,仿佛要把人们送往纯净的童话世界……还有老牧人尼玛驮盐的那些大大小小的高山湖泊,它们在寂静的天空下恣情涟漪着,沉醉在往昔亘古的时光中……"[2] 表达对传统的缅怀,对农耕文明的拒绝。这显示出作家对传统

---

[1] 白玛娜珍:《西藏的月光》,重庆出版社,2011,第250页。
[2] 白玛娜珍:《西藏的月光》,重庆出版社,2011,第251页。

与现代之间的情感倾斜。其他藏族女性作家也有对藏乡的描写,例如亮炯·朗萨,她的散文集《恢宏千年茶马古道》为世人提供一分遥远的历史想象,讲述千年茶马古道上那一个个荡气回肠的传奇,以浪漫情怀追溯历史。她用天路、香巴拉城和圣地稻城亚丁等建构出一个让当代人向往的人间天堂。

藏族作家的故乡书写与当代乡土文学中的故乡书写具有明显的异质性。以莫言、刘震云等为例,他们笔下的故乡主要是被批判质疑的所在。在工业文明影响下,内地乡村文明总体呈式微状态,"故乡"留不住人们"离开"的脚步。与之相对,在藏族作家笔下,故乡虽然不可避免地会承受来自现代文明的震荡,但是故乡因为原生态的高山、湖泊、草场和浓烈的宗教情怀,显示出强大的吸引力。

> 于是我渴望,渴望寒风再一次撕裂我;
> 渴望刻骨的圣洁在我的血液里涌动,
> 渴望用额头去触及如冰的石头,
> 渴望成为一座越来越挺拔的雪峰……
> 啊,西藏!我已洗净身上的尘土,请你伸开手臂![①]

当代藏族女性散文表现出的现代性认同被"生态破坏"和"人文伦理道德失衡"的幽灵阻隔,向历史的回望几乎成为一种集体性选择。"但是,过去当然是无法回复的。……这种基于补偿和保护作用而退缩到封闭的传统,其实代表'对过去的一种依赖,以缅怀和复兴过去来弥补创造活动的匮

---

① 白玛娜珍:《西藏的月光》,重庆出版社,2011,第259页。

乏'。这样的依赖，正如对西方科技的依赖，'两种情况都是自我个性的抹杀，只是向外借取的心智、借取的生活'。"① 历史不能倒退，更不能封闭保守。在现代社会进程中，如果因为生态问题便企图退回到历史的龟壳里，无疑是因噎废食。中国新文学之所以产生，强大动因便是现代科学、民主的产生。如何对待历史与当下，可以以史为鉴，避免历史悲剧重演。故而，在回望历史、守望原乡时，也需要以开放的心态处理故乡与现代化潮流之间的关系。在全球化浪潮之下，如何在走向现代的同时传承良好的传统文化精神，也是实现中华民族复兴之梦的一个关键点。

结　语

现代交通便利，西藏不再是遗世独立的所在，西藏在不同作家笔下显示出多重性。从我者与他者视野比较，与马丽华等"他者"的书写相比较而言，梅卓等"我者"的书写散发出由内而外的绵密情怀，没有相融与否的纠结，只有血浓于水的深深相依。从性别视野梳理，与阿来等男性作家而言，白玛娜珍等女性作家善于从日常细节出发，让故乡更加真实可触。深究其缘故，可以从以下几点找寻。一是女性作家特有的浪漫情怀，让女性情感偏向于单纯美好的一面。二是传统审美的积淀，几千年沉淀下来的传统乡村文明培育的审美

---

① 〔英〕斯图亚特·霍尔、保罗·杜盖伊编《文化身份问题研究》，庞璃译，河南大学出版社，2010，第79~80页。

以及人伦情怀深植于人们心灵深处，即便城市文明给人们带来各种生活的便利，但中国文学的传统具有对田园牧歌的惯性表达。无论是雍措、白玛娜珍、梅卓还是蒋秀英，其笔下的故乡叙述都显示了对乡村文明的眷恋与认同。三是从生态视野看，现代工业带来的环境污染成为破坏地球家园的罪魁祸首之一，有着蓝天白云、清澈小溪的传统乡村无疑是现代人的向往。

后　记

这本书汇集了我十多年以来关于四川作家边地书写的思考，零零散散的写作贯穿着一个主题，即人与文化之间的关系。其中的部分文章，我在十多年以后再读，不禁有汗颜之感，也曾想重写，但仔细想想，这是学术历史的一个记录，所以我基本保留了文章的原貌。

我 2008 年开始关注四川作家的边地书写，直接的动因是这年我调入西南民族大学，与部分长期聚焦边地写作的四川作家有了些接触。可以说西南民族大学是当代四川少数民族作家的摇篮，这里培养了一批专注于边地写作的作家如降边嘉措、吉狄马加、阿库乌雾、亮炯·朗萨和达真等。他们的创作也显示其所受教育的现代性视野。他们以现代性视野观照边地时，具有不同程度上的文化反思，从不同角度展示了边地在现代化进程中的流变，不仅勾勒出在时代浪潮中变动的地方景观，也揭示了当代边地人的心灵史和思想史。

另外一个促使我关注当代四川作家边地书写的原因在于童年时期的影视文化记忆。那时期的文化活动不多，《刘三姐》、《五朵金花》和《阿诗玛》等经典电影以异于习见的美学冲击着我，让我一直对边地怀有一探究竟的好奇之心。当真的来到西南民族大学,童年的好奇化为学术研究的热情,从而开始了长达十多年的边地文学研究。其间也经历了文化态度的变化,从最初进入边地文学研究的热情到困惑再到反思。文学中人与文化的交互性影响关系,具象化地阐明了当代中国现代化进程所取得的成绩以及存在的问题。这是我当下及以后学术研究的重点。

2022 年 6 月 30 日于成都

图书在版编目(CIP)数据

传统与现代之间：当代四川作家的边地书写／彭超著.--北京：社会科学文献出版社，2023.11（2024.5重印）
（西南民族大学中国语言文学学术文丛）
ISBN 978-7-5228-1015-7

Ⅰ.①传… Ⅱ.①彭… Ⅲ.①作家评论-四川-当代 Ⅳ.①I206.7

中国版本图书馆CIP数据核字（2022）第205595号

·西南民族大学中国语言文学学术文丛·
传统与现代之间
—— 当代四川作家的边地书写

著　者／彭　超

出　版　人／冀祥德
责 任 编 辑／刘　丹　罗卫平
责 任 印 制／王京美

出　　版／社会科学文献出版社·人文分社（010）59367215
　　　　　　地址：北京市北三环中路甲29号院华龙大厦　邮编：100029
　　　　　　网址：www.ssap.com.cn

发　　行／社会科学文献出版社（010）59367028

印　　装／唐山玺诚印务有限公司

规　　格／开　本：889mm×1194mm　1/32
　　　　　　印　张：6.375　字　数：138千字

版　　次／2023年11月第1版　2024年5月第2次印刷

书　　号／ISBN 978-7-5228-1015-7

定　　价／128.00元

读者服务电话：4008918866

版权所有 翻印必究